Literarischer Verein der Pfalz e.V. (Hrsg.)

Das Gewicht von Badeschaum

Inhalt

Flugübungen
Das Gewicht von Badeschaum 7
Verlustmeldung 45
Größenverhältnisse 46
Ein winziges Geräusch 47
Kleiner Moment 75
Leuchten 76
Der Baum 77
Notfall 84
Flugübung 85
Der Auftrag 86
Ende September 95
April 96
Der Flieder flieht 106

Von Anfang an
Das kann ich nicht mehr 107
Eine Rechnung begleichen 108
Tanzwut 111
Snowflakes 112
Klemens 116
Eine Freundin finden 125
Papierlöwen 126

Platzsuche
Stabhochsprung 131
Malcolm 133
Thea 142

Glücksmomente
Weil ich dich sehen kann 148
Sonntagsgefühl 150
Sommerferien ohne Reise 153
Das Blatt der Flatterulme 154
Im Augenblick 169
Hummel 170
Frischling 172
Zusammen 179
Danksagung 180

Flugübungen

Das Gewicht von Badeschaum

Nick

Farben ordne ich einem Gefühl oder einem Geschmack zu. Rot zum Beispiel ist Streicheln und wenn ich eine Gänsehaut bekomme. Ist es draußen heiß und ich tauche meine Hände in kaltes Wasser, dann bedeutet das Dunkelblau für mich. Ich stelle mir Pink vor, wie Sahne schmeckt. Manchmal empfinde ich Weiß, wenn der See zufriert und ich mit Mia auf dem Eis entlangrutsche, meist an ihrem Arm. Ab und zu reiße ich mich los und gleite allein; ein leichtes Vorankommen, schwerelos; auch wenn ich riskiere, auf die Nase zu fallen.

Grün verkörpert den Geruch von Moos, wenn wir im Sommer im Wald unter einem Baum liegen und uns lieben. Im Sommer riecht das Moos viel mineralischer als im Herbst, dann wird es aromatisch, es erinnert mich an Mias Schoß, wenn ich sie dort küsse. Ich stelle mir Mias Schoß auch grün vor, obwohl sie immer lacht, wenn ich ihr das sage und sie darauf besteht, ihr Schamhaar sei braun. Mia trägt gern Schamhaar, sie findet es schöner, als ganz nackt zu sein.

Eine gute Verpackung, meint sie.

Braun stelle ich mir anders vor: wenn die Wange über Samt streicht. Kakao trinken ist auch braun. Die Konsistenz und der Geschmack von zähflüssigem, würzigem Tannenhonig auf meiner Zunge fühlt sich dunkelbraun an, besonders wenn man ihn ganz langsam im Mund zergehen lässt. Wie Tannenhonig gemacht wird? Läuse saugen den Tannensaft aus den Nadelspitzen und scheiden die überschüssige Süße wieder aus, die Bienen sammeln diesen Honigtau. Was für ein Euphemismus: Honigtau.

Ich denke immer, es ist eine Art zuckriges Pipi. Die Bienen wandeln ihn in den würzigen Honig um. Der ist auf jeden Fall dunkelbraun.

Ein warmes Schaumbad empfinde ich als gelb. Das Gewicht des Schaumes auf der offenen Hand ist hellblau. Mia meint, Schaum wiege nichts, aber das stimmt nicht. Dabei fühlt Mia sehr viel für einen Menschen, der sehen und hören kann, aber ich bin noch viel besser darin als sie. Taubblinde sind fast alle viel besser darin als die Hörenden und Sehenden. Ich habe mich aber schon oft gefragt, warum die sogenannten Normalen trotz ihrer vollständigen Sinneswahrnehmungen so vieles nicht bemerken. Vielleicht haben sie einfach zu viel zu verarbeiten?

Jetzt zum Beispiel. Ich sitze mit Mia, meiner Assistentin plus, also zugleich Sexpartnerin ohne Verpflichtung, im Zug. Sie spricht mit mir in der Fingersprache. Es heißt Lormen und wir tasten uns die Wörter in die Hände. Ich antworte oft mit Gebärden, das kann Mia schneller verstehen. Wir benutzen auch die Worte sprechen, antworten oder sagen, weil Lormen oder Gebärden auch Sprachen sind.

Eine ältere Frau teilt sich mit uns das Abteil. Bestimmt fünfzig oder sechzig, gibt mir Mia zu verstehen. Mir ist Alter ziemlich egal. Aber eines ist mir schnell klar: Sie hat Angst vor mir, wahrscheinlich weil ich behindert bin. Sie riecht nach Panik, besonders als sie mit mir allein ist. Mia muss nur kurz aufs Klo, da stößt sie schon eine Wolke Angstschweiß aus, wahrscheinlich Unsicherheit und Scham. Angstgeruch ist nicht immer gleich: Manchmal rieche ich Entsetzen, manchmal Angst zu versagen oder auch die Angst, die beim Lügen entsteht. Jeder Geruch ist aber letztendlich einzigartig, weil ja jeder Mensch auch aus einer einzigartigen Zusammensetzung besteht.

Ich taste nach ihrer Hand. Sie lässt es geschehen. Dann streichle ich sie vorsichtig, ich mache das manchmal, meist sind die Menschen dann beruhigt. Aber hier ist es anders: Die Frau wird stocksteif. Ich streiche ihr einfach weiter aufmerksam über die von vielen Adern durchzogene Hand. Wie ein kleiner, müder Hamster fühlt sich diese welke Hand an. Dann tropft es auf mich.

Die Frau weint. Das finde ich etwas seltsam, aber nicht schlimm. Ich öffne ihre Hand, sodass ich ihre Handinnenflächen spüren kann. Auch das lässt sie sich gefallen. Ihre Hand wird warm und strahlt Zärtlichkeit aus. Ich mag die Frau. Sie ist jetzt nicht mehr so angespannt, ihre Hände haben Leben bekommen und sie beginnen zu mir zu sprechen. Sie erzählen von einem Schutzbedürfnis. Diese Frau kann vermutlich sehr tief empfinden. Vielleicht lebt sie in einer Hülle? Weiter kann ich nicht mit ihr kommunizieren, weil Mia zurückkommt. Mia berührt mich sehr unsanft an der Schulter, das mag ich nicht und sie weiß das.

Dann nimmt sie einfach meine Hand aus der Hamsterhand und schreibt mir kurz hinein:

Ich finde es nervig, dass du die Leute befingerst.

Ich glaube, du bist einfach eifersüchtig, taste ich in ihre Hand zurück.

Lächerlich, kontert Mia, wir sind kein Paar und außerdem ist die Frau alt und sieht hässlich aus.

Du weißt, dass mir Aussehen nicht so wichtig ist, sonst hätte ich mit dir keinen Sex, gebe ich wütend zurück, außerdem kann ich tun und lassen was ich will und brauche keine Nanny.

Danke für die Komplimente, antwortet Mia zynisch. Dann lasse ich dich mal mit deiner neuen Freundin allein. Gleich sind wir in Göttingen, da steige ich aus und rauche eine.

Ein schlechtes Zeichen, wenn Mia raucht. Sie ist meist gestresst, wenn sie qualmt. Wenn wir zusammen Zug fahren, gerät Mia leicht in eine überambitionierte Hütehundhaltung. Sie will mir ständig alles abnehmen und wird übertrieben fürsorglich. Diese Mischung macht sie unerträglich.

Wir sind auf dem Weg von Hannover nach Karlsruhe. Göttingen ist die zweite Station auf der Strecke.

Mia ist seit drei Jahren meine Assistentin, sie hat Kunst und etwas mit Medien studiert. Eigentlich dreht sie Kurzfilme. Nebenbei arbeitet sie als meine Assistentin, weil sie das Geld braucht. Außerdem betrachtet sie mich als Kunstwerk und dreht einen Film über mich, damit sie sich nicht ganz so weit von ihrem Schaffen entfernt, während sie mich begleitet.

Ich war nicht immer taubblind. Taub schon. Aber blind wurde ich erst nach einem Unfall mit sechs Jahren. Ich war gerade in die Schule gekommen. Ich kann mich aber an nichts vor dem Unfall erinnern, mein Erinnerungsvermögen wurde zerstört in der Zeit, als ich im Koma lag und mein Hirn anschwoll wie ein Schwamm im Wasser. Durch den Druck im Kopf wurde schließlich auch mein Sehnerv zerquetscht.

Ich bin abhängig, aber das stört mich nicht. Mia mag ich, sie ist ehrlich. Sie braucht mich ebenfalls. Wegen der Kohle. Wir leben in einer Symbiose. Wie Einsiedlerkrebse und Seeanemonen. Die Anemonen haften dem Gehäuse des Krebses an und bilden mit ihren gefährlichen Nesselfäden einen Schutzschild vor Feinden. Außerdem verspeisen sie die Essensreste des Krebses. Was mir einigermaßen Sorge bereitet: Große Seeanemonen können sogar einen Krebs verspeisen. Ich bin nämlich der Krebs, Mia die Anemone. Sie ist sehr schön. Sie fühlt sich weich an und sie riecht wie das anflutende Meer an einem stürmischen Tag. Ihr Herz schlägt aufgeregt, wenn wir uns umarmen. Das rührt mich.

Ich gebe ihr Geld für den Sex.

Ich bin eine Sozialnutte, sagt sie, aber der Sex mit dir gefällt mir. Es ist anständig von dir, mir Geld zu geben.

Klar, erwidere ich, sonst gehst du vielleicht zu einem anderen, der noch mehr bezahlt, bei dem du dich aber nicht so wohlfühlst wie bei mir.

Ich spüre ihr Lachen an ihren Körperbewegungen: ich höre mit dem Sex mir dir nur auf, wenn ich jemanden finde, den ich liebe. Außerdem bist du bereit, dich beim Sex filmen zu lassen für mein Projekt über dich. Das finde ich mutig, danke.

Bitte! grinse ich zurück, weil ich vermute, dass auch sie grinst.

Nein, mir ist es ernst, meint sie, ich finde es großartig, dass du mein Projekt unterstützt und dich in intimen Momenten zeigst. Behinderte leben nicht in einer sexfreien Zone oder sind allenfalls gut zum Kuscheln.

Ich muss es mir ja nicht ansehen. Außerdem zeigst du dich auch, entgegne ich.

Das ist etwas anderes, ich will berühmt werden mit dem Film und dem ganzen drumherum.

Mia hat schon recht viele Sexszenen aufgenommen. Mal im Bad, mal in der Küche, einmal sogar im Aufzug. Sie hat genau wie ich viel Spaß dabei. Einen Freund hat sie zum Glück nicht, das wäre auch zu kompliziert, betont sie immer wieder.

Jetzt bin ich mit der Frau allein im Abteil. Obwohl ich sie nicht sehe und nicht mehr ihre Hand halte, weiß ich doch, dass sie noch da ist. Ihr Geruch ist präsent, getrockneter Angstschweiß und etwas Fruchtig-Milchiges mischt sich darunter. Sie isst eine Banane. Auf einmal spüre ich eine glatte organische Oberfläche an meiner Hand. Ich fühle nach: Die Frau bietet mir eine Banane an.

Ich nicke in ihre Richtung und greife zu. Bananen sind super! Sie haben die Form eines erigierten Penis und schmecken nach Lust. Mia sagt, ich würde zu viel an Sex denken. Das stimmt, aber ich finde es nur natürlich. Ich muss ein wenig lächeln, weil Mia jetzt sicher sagen würde, ich soll mir den geifernden Speichel wegwischen.

Der Zug hält. Jetzt steigt Mia bestimmt aus und raucht. Sie raucht mir zuliebe Menthol-Zigaretten, damit es nicht ganz so scheußlich stinkt. Sonst riecht Mia wunderbar. Die ganze Mia duftet nach Flut und Brandung. Ich entdecke an ihr noch viel mehr Gerüche: Wenn sie ihr Haar gewaschen hat, riecht es nach Mangos, sonst nach frischen Pilzen. Ich genieße es, an ihren Locken zu schnuppern und sie durch meine Finger gleiten zu lassen. Im Nacken, an ihrem Haaransatz, riecht Mia nach Orangen. Oft massiere ich Mia den Kopf. Sie hält sehr lange still dabei.

Ich bin Physiotherapeut. Mia meint, meine Hände zaubern. Meine Patienten meinen das auch. Ich hatte große Mühe, die theoretischen Prüfungen zu bestehen, dafür musste ich meinen Behindertenbonus immer wieder ausreizen. Praktisch habe ich aber echt was drauf, ich spüre jede Verhärtung, jede Spannung, auch die der inneren Organe. Ich kann den Rhythmus spüren, dem sie folgen. Ihre zarten Bewegungen können blockiert sein und schmerzen, obwohl mit den üblichen medizinischen Methoden niemand etwas nachweisen kann.

Der ganze Körper ist von einem hauchzarten inneren Netz überzogen, der wie Raureif auf jedem Muskel und jedem Organ liegt, und ich erspüre jede Verstrickung und Verfilzung in diesem Flechtwerk. Würde man diese Strukturen als Plastinat härten und aufstellen, dann würde sich der komplette Mensch abbilden, wie bei dem kunstvoll filigranen Skelett der Physalis, das nach dem Winter von den Herbstlampions übrigbleibt.

Letzte Woche war ein neuer Patient bei mir. Ich kann so nicht mehr leben, übersetzte Mia mir seine Akte, ich habe Kopfschmerzen, als würde dauerhaft ein schwarzes Loch in mir implodieren. Migräne? Aber permanenter Schmerz spricht für Stress. Fast alle Kopfschmerzen sind Spannungskopfschmerzen, weil die Menschen lieber die Zähne zusammenbeißen, anstatt nachzudenken, ob sie mit ihrem Leben zufrieden sind.

Vielleicht sitzt ihnen auch die Angst im Nacken. Unter meinen Händen spüre ich Spannungen und Blockaden. Meine sachten, leisen Berührungen geben den Impuls an das Gewebe, die Verwirrungen zu lösen, seine gestörten Netze wieder zu verbinden. Ihre Körperflüsse beginnen wieder zu strömen und die Organe können sich wieder frei bewegen. Es fällt mir leicht, auch feinste Beeinträchtigungen zu ertasten.

Ich wusste nicht mehr, wie es sich anfühlt, schmerzfrei zu sein, lässt mir der Mann nach meiner Behandlung übermitteln.

Ich versuche, mehr Symmetrie und Beweglichkeit in den komplexen Organismus zu bringen, und erspüre inzwischen viele Formen von Schmerz. Auch den seelischen. Er ist mit dem Körper eng verbunden, so eng wie Liebe und Verlust. Ich bin kein Psychotherapeut, aber irgendetwas in der Richtung passiert trotzdem. Wenn das Gewebe mir die psychischen Schmerzen mitteilt, mache ich keine Unterschiede: Ich versuche sie zu lindern.

Mia

Ich drehe mich vom Wind weg und stecke mir die Menthol-Zigarette mit meinem silbernen Sturmfeuerzeug an. Es ist kalt draußen, ich trage zwar einen dicken Shetlandpullover über der Jeans, aber mich fröstelt, denn es weht in diesem Februar ein energischer Westwind. Ich balanciere auf der gelben Markierung des Raucherghettos.

Nick führt sich auf wie ein Hahn. Er lässt mich alle Sorgen tragen und ich mache das auch noch. Ich organisiere die Reise zu seiner Freundin Joana. Er ist mit ihr aufgewachsen und es geht ihr nicht gut. Soweit in Ordnung. Aber was macht er? Er schmeißt sich an jedes weibliche Wesen, das er zu fassen bekommt. Nicht genug, dass er mir ständig wie der Heilsbringer von seinen Patientinnen erzählt, sogar im Zug muss er mit wildfremden Frauen Kontakt aufnehmen.

Na gut, ich verdiene mein Geld mit ihm, nicht mal schlecht, und der Film und das ganze Projekt über ihn sind gut. Ich habe das Ganze schon mal bei verschiedenen Wettbewerben eingereicht. Sogar den Kurator der nächsten Biennale in Venedig habe ich angeschrieben, aber das macht wahrscheinlich wenig Sinn. Die klüngeln im Kunstbetrieb doch alle untereinander und schieben sich die Aufträge gegenseitig zu. Da müsste ich wohl mit einflussreicheren Leuten schlafen als mit Nick. Macht mir aber mehr Spaß mit ihm. Jedenfalls hat er ein Megaego, behindert oder nicht. Zum Glück sind wir wenigstens ehrlich zueinander. Trotzdem muss er nicht ständig andere anmachen.

Ich mag es, wenn er mit mir schläft. Da ist er nicht egoistisch. Er trägt mich, streichelt meine Sinne, er kann warten. Oder lässt mich die Führung übernehmen. Sogar im Aufzug haben wir Sex gehabt. Der Nachbar dachte, der Aufzug sei steckengeblieben. Ich mag ungewöhnliche Orte. Beim Arzt in einer Umkleidekabine, vor einem MRT. In einem Passautomaten. Im Auto in der Waschanlage. In einer Gondel den Berg hinauf. Und wieder hinunter. Wenn Leute uns erwischen, erzähle ich immer etwas von einem Anfall von Nick. Dass dies die einzige Art der Beruhigung wäre. Zum Totlachen, die Gesichter der Leute. Für mich jedenfalls. Nick sieht ja nichts.

Die ersten Jahre konnte er sehen, bis er sechs oder sieben Jahre alt war, dann passierte der Unfall. Er ist einfach vor ein Auto gelaufen. Ohne irgendeinen Grund. Jedenfalls kann sich niemand erklären, wie es dazu kam. Ist auch egal jetzt. Aber fühlen kann er. Und mir Gefühle machen. Bei anderen Männern hatte ich bisher weniger Spaß. Geld gibt er mir trotzdem, obwohl ich es immer mal wieder ablehne. Er legt es mir einfach in meinen Geldbeutel. Ich gebe es nicht zurück. Bin ich jetzt eine Nutte? Eine Sozialnutte. Finde ich eigentlich ganz in Ordnung. Hat doch jeder was davon.

Wenn er jemanden lieben würde, das wäre ein Grund, damit aufzuhören. Wenn ich jemanden lieben würde, dann würde ich auch damit Schluss machen. Aber ich würde weiter bei Nick jobben. Bis auf seinen Geltungsfimmel ist er klasse.

Die Türen des ICEs gleiten ins Schloss. Ohne irgendeine Durchsage. Kein Pfiff. Wenn die Tür eines ICEs einmal geschlossen ist, dann gibt es kein Zurück mehr. Ich schmeiße meine Kippe weg, renne aus dem gelben Raucherquadrat und hämmere an die Zugtür. Nichts.

Zurücktreten von der Bahnsteigkante!, gellt es in mein Ohr.

Der Zug mit Nick setzt sich in Bewegung.

Halt, schreie ich, sofort anhalten!, und renne ein Stück mit.

Der Bahnsteig ist merkwürdig leer.

Halt, ihr Arschlöcher! Wie eine Fontäne schießt die Panik in mir hoch.

Ich bekomme fast keine Luft. Sacke auf den Bahnsteig. Der Zug schlängelt sich aus dem kleinen Göttinger Bahnhof.

Ich muss in den Zug. Ich versuche aufzustehen. Es gelingt mir nur mühsam.

Zwei Polizisten nähern sich. Haben Sie getrunken?, fragt der eine, ein ganz junger mit zartem Oberlippenbart.

Sie kommen jetzt mal mit, sagt der ältere, der aussieht, wie sich ein Kind einen gutmütigen Schutzmann vorstellt.

Nick ist im Zug, bringe ich hervor.

Ihr Sohn?, fragt der Oberlippenbart.

Nein, er ist, ich bin ..., einen Moment frage ich mich, wer wir eigentlich sind.

Konzentrier dich!, befehle ich mir.

»Konzentrieren Sie sich!«, sagt der Schutzmann etwas strenger als eben, aber immer noch freundlich. Kommen Sie, wir gehen jetzt und überlegen zusammen, was wir tun können.

Ich habe das Gefühl, die freundlichen Augen halten mich. Langsam kommen meine Gedanken wieder zurück.

Nick ist im Zug, sage ich wieder. Nick ist taubblind und ich bin seine Assistentin. Er braucht mich. Nick ist dreiunddreißig Jahre alt. Er ist ziemlich sexwütig, füge ich noch hinzu, aber das überhören der Schutzmann und der Oberlippenbart freundlicherweise.

Wir werden gleich den Zugführer benachrichtigen, Sie brauchen sich keine Sorgen zu machen. Er wird informiert und Sie fahren einfach eine Stunde später mit der nächsten Verbindung hinter ihm her. Im Zug kann ihm nichts passieren. Doch, erwidere ich, Nick ist ohne mich hilflos, verstehen Sie nicht? Er ist taub, spricht nicht und außerdem ist er blind. Er kann ausschließlich mit mir durch Finger und Gebärdensprache kommunizieren. Wer kann ihm sagen, dass ich gleich nachkomme? Er hört nichts, er sieht nichts und keiner spricht seine Sprache. Es ist eine Katastrophe.

Der junge Oberlippenbart und die freundlichen Augen schauen sich kurz an. Der Ältere nickt:

Kommen Sie, der Streifenwagen steht vor dem Bahnhof.

Nick

Etwas kleinlich von Mia, nach dem Aufenthalt in Göttingen nicht zurückzukehren. Anscheinend ist sie immer noch sauer.

Die Frau hat inzwischen Kaffee bei einem mobilen Service bestellt und mir auch einen spendiert. Wir haben es gemütlich. Ich glaube, sie hat sich entspannt.

Nach dem Kaffee muss ich aufs Klo. Das finde ich allein. Ich taste mich zur Abteiltür und öffne die schwere Schiebetür. Auf dem Gang orientiere ich mich an den Fenstern, einmal stolpere ich über eine Tasche oder einen Koffer. Rechts, links, Abteiltür, Gangfenster, Abteiltür. Das Klo muss gleich in der Nähe liegen. Es müffelt nach Urin und Seife. Ich drücke eine Klinke herunter, es ist offen. Die Tür lasse ich besser auf, nicht dass ich hier festsitze. Ein wenig schwanke ich im Rhythmus des Zuges, bis sich die Klobrille ertasten lässt. Bloß nicht hinsetzen hier. Ich gerate wieder ins Schwanken und stürze, schlage gegen etwas sehr Hartes. Ein krasser Schmerz. Einen Moment muss ich das Bewusstsein verloren haben. Als ich wieder zu mir komme, spüre ich eine Hamsterhand im Gesicht. Sie streichelt mich und dann klopft sie sanft gegen meine Wangen in einem eigenartigen Takt. Kurzkurzkurzlanglanglang ...

Ich verstehe sie. Ob sie noch mehr Morsezeichen kennt? Als ich ihre Hand gefunden habe, klopfe ich zurück:

Danke.

Etwas später sitzen wir wieder zusammen im Abteil, diesmal sehr eng nebeneinander.

Woher kannst du das?, frage ich.

Sie antwortet: Mein Vater war Funker. Ich kenne die Zeichen von Kindheit an. Und du?

Ich lerne alles, was mit Verständigungsmöglichkeiten zu tun hat.

Sie riecht jetzt nach Nähe, denke ich. Getrockneter Schweiß, aber ein neuer Geruch ist darin. Er erinnert mich an Vanillekipferl und frisch geschlagenes Holz.

Henriette, morst sie in meine Hände, ich heiße Henriette.

Nick, klopfe ich in ihren Handteller zurück.

Dann reicht sie mir ein paar Apfelschnitze. Sie berührt mit dem feuchten Apfelstück meinen Mund und schiebt mir das Fruchtfleisch mit zartem Druck zwischen die

Lippen. Eisvogelblau. Eisvogelblau ist das saftige Gefühl im Mund. Henriette ist auch eisvogelblau. Ich greife ihre Hand und spüre eine Veränderung darin. Sie fühlt sich fester an. Immer noch sehr fein, aber entschiedener. Diese Hand sendet mir eine Vielfalt an Impulsen und sie empfängt sie auch. Stärke. Einfühlungsvermögen. Humor. Sie wirkt jetzt sehr lebendig. So wie diese Hand sich anfühlt, stelle ich mir ein helles Lila vor.

Arbeitest du mit den Händen?, frage ich sie.

Ja, antwortet sie, ich bin überrascht, dass du das fragst. Ich bin Pianistin.

Das passt. Ich habe noch nie Musik gehört, aber ich weiß, wie sich Menschen anfühlen, deren Hände ein Instrument spielen.

Darf ich dein Gesicht ertasten?, frage ich.

Ja, gern.

Ihre Haut fühlt sich zart an wie ein Blütenblatt. Henriette mag älter sein, aber ich ertaste kaum Falten, außer um den schmalen Mund herum. Sie lächelt, als ich ihre feinen Lippen nachfahre. Meine Finger erkunden ihre ovale Kopfform und ich streichle ihr vorsichtig über die sehr ausgeprägten Wagenknochen. Das Streicheln gehört eigentlich nicht zum Gesichtstasten, ich gebe zu, dass ich die Situation ausnutze. Sie lässt es geschehen und rückt sogar ein wenig näher. Ihre Nase ist sehr lang und dünn und ich gebe ihrer Nasenspitze einen kleinen Stups. Henriette ist mir so nah, dass ich spüre, wie sie lacht. Sie kneift mich ein wenig in den Oberarm, spielerisch, als wolle sie mir sagen, dass sie meine Absichten durchschaut, es mir aber nicht übelnimmt. Ich wandere von der Nase über die hohe Stirn zum Haaransatz. Es ist ein intelligentes Gesicht, denke ich. Ihre Haare sind sehr fest und glatt. Sie erinnern mich von ihrer Struktur her ein wenig an mein Langhaarmeerschweinchen, das ich als Kind besaß.

Das sage ich ihr.

Zur Antwort boxt sie mich.
Darf ich weiter dein Gesicht ertasten?
Mochtest du dein Meerschweinchen?, fragt sie zurück.
Ja, sehr, antworte ich.
Dann darfst du weitermachen.
Ich fahre mit meinem Zeigefinger über ihre hoch geschwungenen Augenbrauen. Dann gebe ich ihr mit einem sanften Druck auf die Augenlider zu verstehen, dass sie die Augen schließen soll. Ich spüre hinter den Lidern die Bewegung der Augäpfel, die Haut um die Augen fühlt sich etwas erschlafft an. Ihre kurzen Wimpern kitzeln mich an meinen Fingerspitzen. Ich mag ihr Gesicht und fühle ein warmes Gefühl in mir. Dann bedanke ich mich bei Henriette, indem ich ihre Hand nehme. Sie hält mich fest, als ich meine Hand zurückziehen will. Ich freue mich und streichle über ihre Handteller, wandere langsam den Arm hinauf. Sie regt sich kaum, aber ich spüre wie sich kleine Härchen aufstellen, ein seidiger, erwartungsvoller Flaum. Dann stockt meine Reise über ihren Arm, ein Kaschmirpullover versperrt mir den Weg.
Warte!
Sie zieht den Pullover aus, ich spüre, wie ihre Arme mich dabei streifen. Ihr Geruch wird noch intensiver. Ich bin erregt. Möchte sie näher spüren. Die Banane fällt mir ein. Kein Wunder.
Der Zug bremst. Der nächste Bahnhof.
Schade, klopft sie langsam in meine Hand.
Ja, sehr schade.
Wir erreichen Kassel Hauptbahnhof. Mia stürzt herein. Es kommen noch mehr Personen in das Abteil, denn ich spüre noch andere Körper. Zwei. Ich tippe auf Männer, denn sie riechen ziemlich nach Männerparfüm und warmem Schweiß. Sie müssen gerannt sein.
Mia tastet wild auf meiner Hand herum: Göttingen, Rauchen, Zug fort, Polizei, Angst.

Ich antworte: Du brauchst dir keine Sorgen zu machen, ich hatte inzwischen Obst, Kaffee und ein paar sehr erotische Momente.
Die Ohrfeige von ihr finde ich ungerecht.

Henriette

Klänge sind das Wichtigste in meinem Leben. Menschen, Dinge, Tätigkeiten – alles besitzt Töne. Wenn die Tür ins Schloss fällt: eine Zäsur, die eine Wendung in der Orchestrierung ankündigt. Die helle Stimme eines Kindes: Die Flöte übernimmt die Stimmführung. Ich höre die Welt, bevor ich sie sehe. Jetzt sitze ich in meiner Suite im Hotel, dem Kaiserhof, und denke an die Begegnung mit Nick in dem Intercity von Hannover nach Karlsruhe: Das war Mozart, das Klarinettenkonzert A-Dur. Die Geigen klingen nach Sehnsucht – das bin ich. Die Klarinette behauptet sich, nähert sich behutsam der Geige, kurz, um dann spielerisch aufzusteigen in eine losgelöste Gestimmtheit. Das ist Nick. Klarinetten klingen nie zu leichtfertig, auch Nicks Ton klingt nach Tiefe. Sein Klangbild ist voluminös. Außerdem sieht er sehr gut aus: ein zerzauster Nicht-Haarschnitt, ein aschblondes Vogelnest, sehr feine Physiognomie, die Nase klar, gerade, der Mund sensibel, ein Denkergesicht. Zunächst habe ich mich an seinem leeren Blick gestört. Seine Begleiterin Mia stellte sich und ihn vor und sagte, Nick wäre taubblind. Dann ließ sie mich mit ihm allein. Zugegeben – es war mir erst mal unangenehm.

Ich versuchte mich hinter meinem Buch zu verstecken, aber er konnte mein billiges Täuschungsmanöver ja gar nicht sehen. Dabei rückte ich meinen dünnen Körper in die Ecke des Abteils und vermied überflüssigerweise jedes Geräusch dabei. Er fand mich trotzdem. Völlig unbeirrt griff er nach meiner Hand. Auf irgendeine Art sieht er mit den Sinnen, die ihm verblieben sind. Als er mich berührte zog sich alles in mir zusammen. Es erinnerte mich an die Symphonie 94 von Joseph Haydn. Die ersten sechzehn Takte langweilt sich der Zuhörer bei gepflegter Dreiklangsseichtigkeit und dann schießt der Paukenschlag ein. Das war Nicks Berührung. Sonst wagt es keiner mehr, mich zu berühren. Ich habe alle verscheucht. Meine Musik und ich, das war mir in den letzten Jahren genug.

Morgen werde ich im Schloss von Karlsruhe ein Konzert geben. Ob es Sinn macht, einen taubblinden Mann einzuladen, der für mich wie eine Klarinette klingt? Ich kann selbst kaum glauben, was ich da denke. Ich werde wohl immer seltsamer.

Er übt eine erstaunlich große Anziehung auf mich aus. Dabei ist er sehr jung, dreißig vielleicht. Ich bin nicht alt, mit fünfundvierzig Jahren ist man nicht alt, aber aus Sicht der beiden jungen Leute aus dem Zug wahrscheinlich schon. Seine Freundin oder Helferin, Mia, ist eine attraktive Frau: rote Locken, dunkle Augen, ein weicher, sinnlicher Mund. Wenn sie spricht, klingt sie wie ein Saxofon, etwas schräg, sehr jazzig. Ich mag das.

Ich glaube, sie fand mich ganz unausstehlich. War sie eifersüchtig? Ob die beiden ein Paar sind? Sie wirkte sehr besitzergreifend, andererseits hat sie ihn aber allein gelassen im Zug, um draußen zu rauchen; ich habe es gerochen, als sie an der nächsten Station wieder zurückkam; zusammen mit zwei Polizisten. Ob das Absicht war? Wollte sie ihm eine Lektion erteilen?

Ich erkenne mich selbst nicht wieder. Ich habe auf meine Visitenkarte geschrieben, dass ich sie beide zu meinem Konzert einlade und ihnen Plätze reservieren werde. Im Gehen habe ich ihr die Karte zugesteckt. Sie war verdutzt, hat sie aber eingesteckt. Ich habe schon lange keine Initiative mehr ergriffen oder Nähe zu jemandem gesucht.

Hoffentlich kommt er. Seine Berührungen haben einen Klang in mir erzeugt, den ich noch nie gehört habe. Es ist ein sehr langer, weicher Ton, der wie bei John Cages As slow as possible in mir fortdauert. Es gibt eine kleine Klosterkirche im Harz: Dort wird das Werk auf der Orgel über viele Jahre hinweg aufgeführt. Begonnen hat es erstmal ohne Ton, denn der Beginn des Stückes ist eine Pause, die eineinhalb Jahre andauerte. Ich glaube, sie sind inzwischen beim zweiten oder dritten Ton angekommen, nach über 600 Jahren werden sie den Berechnungen folgend im Jahr 2640 enden. Ich mag die Idee, weil die Menschen oft so impulsgesteuert sind. Das Werk ist eine Aufforderung über den kleinen Ausschnitt unserer Lebensspanne hinauszudenken. Ich mag Planung und Struktur. Deshalb wundere ich mich auch über mein eigenes Verhalten.

Joana

Nick kommt zum Glück bald. Ich bin sehr froh darüber, aber ich fürchte mich auch. Wir leben immer in Verbindung, auch wenn ich vor zwei Jahren von Hannover nach Karlsruhe gezogen bin. Ich brauchte mal etwas Luft, denn ich war bisher viel für Nick dagewesen. Ihm tut etwas Abstand auch gut, er scheint eine besondere Beziehung zu seiner Assistentin Mia zu haben.

Er wird wissen wollen, warum Tom und ich getrennt sind.

Vor wenigen Tagen dachte ich noch, alles sei gut: Ich habe die neue Promotionsstelle und den Mann meines Lebens, aber dann endete alles mit einem unauffälligen kleinen Plopp. Mehr nicht. Als würde die Luft aus einem schon sehr laschen Luftballon entweichen, fast unhörbar. Ich meinte allerdings, es sei ein prall gefüllter Ballon gewesen. Wie konnte ich mich so irren? Immerhin habe ich Psychologie studiert und arbeite inzwischen an meiner Promotion.

Karlsruhe gefällt mir. Eine großzügige Stadt und es gibt sehr liebenswerte Viertel. Ich mag das Schloss. Mir gefällt auch der Gedanke, dass das Verfassungsgericht darin zusammenkommt. Ich denke oft über Recht und Unrecht nach. Mein Vater war Richter. Natürlich weiß ich, dass Richter nur begrenzt moralisch als richtig empfundene Urteile fällen. Aber letztlich müssen irgendwann Entscheidungen fallen.

Tom und ich lernten uns im Kein Aber kennen, eine angesagte Kneipe von Karlsruhe. Ich war eigentlich noch ein bisschen in einen anderen Mann verliebt, aber das verflog. Tom war charmant, aber er sieht nicht gerade blendend aus. Er hat diesen verknitterten Gesichtsausdruck, als hätte jemand sein Gesicht zusammengeschoben. Mir haben am meisten seine Augen gefallen, die aussahen, als wolle er jemanden inständig um etwas bitten. Und er war präsent. Jeden Abend saß er schon da, wenn ich mit der Clique um die Häuser zog. Stundenlang muss er auf mich gewartet haben, denn wir kamen oft zu ganz unterschiedlichen Zeiten. Sein Geld verdiente er mit Drohnenflügen bei Hochzeiten oder Filmprojekten. Er hat mir gezeigt, wie man mit einer Drohne fliegt. Ich habe sie schon beim ersten Versuch gegen eine Wand geflogen, aber er hat nur gelacht. Er konnte überhaupt nicht böse werden: das üben wir nochmal, hat er nur gesagt. Die Frauen mochten ihn. Warum seine Wahl auf mich gefallen war, weiß ich bis heute nicht wirklich. Er bot mir an, mich nach Hause zu bringen und wir redeten fast die ganze Nacht vor der Haustür, weil ich ihn nicht in mein WG-Zimmer einladen wollte. Ein Mann riss irgendwann gegen vier Uhr das Fenster auf und rief: Wenn ihr zwei jetzt nicht einen Weg findet, zusammen ins Bett zu kommen, dann biete ich meine Dienste an.

Wir sind dann doch zu mir gegangen, aber haben uns erst geliebt, als die Sonne aufging, so lange haben wir noch geredet. Das hat mir am meisten gefallen, dass wir immer so viel miteinander sprachen.

Wir sind anders, sagte er, wir werden es schaffen, unsere Liebe zu leben. Ich war mir da nicht so sicher, aber wenn mein Werben oder Liebesleben etwas nachließ, dann verdoppelte er seine Anstrengungen, uns wieder zu entflammen.

Ich hatte ihm einmal erzählt, dass ich nichts schöner und friedlicher finde, als von der Stille des fallenden Schnees geweckt zu werden. Er überraschte mich mit einem Ticket für den Nachtzug in die Schweiz und ich wachte am nächsten Morgen inmitten einer weiß zuschneienden Welt auf.

Er half mir über den Tod meiner Großmutter hinweg, denn als sie vor zwei Jahren starb, ging es mir sehr schlecht. Durch sie war auch meine Mutter immer noch ein Stück lebendig gewesen. Ich fühlte mich zum zweiten Mal verwaist. Nach dem Unfall war ich oft bei Oma zu Besuch. Natürlich war auch sie nach dem Verlust ihrer Tochter am Boden zerstört, aber nach einer Woche Weinen nahm sie mich in die Arme und sagte:

Wir werden jetzt, so gut es geht, weiterleben. Ich helfe Dir dabei. Kannst Du mir vielleicht auch ein wenig dabei helfen?

Versprochen, sagte ich.

Versprochen, sagte Oma.

Ich war gerade erst eingeschult worden, aber ich verstand sie. Wir hielten uns bis zu ihrem Tod vor zwei Jahren an unser Versprechen.

Sogar als ich schon in Karlsruhe lebte, hatten sie und ich noch ein Ritual: abends erzählten wir uns das schönste Erlebnis des Tages. Meist rief ich sie an. Oft waren es alltägliche Begebenheiten: Ich hatte einen lieben Menschen getroffen, ein schönes Kleid gefunden. Sie hatte noch den letzten Platz im Café ergattert, Himbeeren im Garten gepflanzt, oder ihr Zitronenkuchen nach Geheimrezept war besonders gut gelungen. Auf diese Weise teilten wir immer die beste Zeit des Tages.

Tom wusste, wie sehr ich Oma nach ihrem Tod vermisste. Er stellte sich in die Küche und zauberte einen Zitronenkuchen, der genauso schmeckte. Sie hatte ihm rechtzeitig die Backanleitung verraten. Natürlich musste ich bei dem Anblick des Kuchens schon wieder heulen. Aber es war so tröstlich, dass sie ihm das streng gehütete Rezept verraten hatte. Der Kuchen war wie ein Zwinkern aus dem Jenseits: Vertrau dich ihm an, wie du auch mir vertraut hast.

Ich war mir nicht sicher, ob ich dieses Glück verdient hatte, aber am ersten Februar dieses Jahres haben Tom und ich geheiratet. Nur wir zwei und Trauzeugen von der Straße. Die große Feier sollte im Sommer stattfinden.

Am siebten Februar, also sechs Tage später, waren wir getrennt.

Das Zitronenkuchenrezept hat er zurückgelassen. Mich überflutete nach der Trennung eine schwarze Traurigkeit, in der ich im Moment feststecke. Sie ist klebrig wie warmer Asphalt und ich finde keinen Weg, diese dunkle, schwere Masse von mir zu streifen. Ich drohe in ihr zu versinken. In dieser Situation bat ich Nick um Hilfe. Nick war immer mein bester Freund. Seine Eltern hatten mich nach dem Unfall in ihrer Familie aufgenommen, wir waren direkte Nachbarn. Nichts lag näher.

Ich werde ihn und Mia vom Bahnhof abholen; es wird das erste Mal seit der Trennung sein, dass ich das Haus verlasse. Ich kann nicht viel fühlen, aber allein der Gedanke an seine vertraute Nähe macht mich ruhiger. Er kann mir helfen, das weiß ich.

Nick war nicht immer taubblind. Taub schon. Aber blind war er erst geworden als Folge des Unfalls, bei dem auch meine Eltern ums Leben kamen. Mein Vater überfuhr ihn, als er in unserer Straße die Kontrolle über das Auto verloren hatte. Nick wurde meterweit geschleudert. Vor Schreck verriss mein Vater das Steuer und schoss frontal gegen eine Hauswand. Meine Eltern fuhren einen alten Käfer ohne Airbag oder Nackenstützen. Sie hatten keine Chance. Beide waren sofort tot, Genickbruch. Nick lag noch wochenlang im Krankenhaus. Sein Hirn wurde so stark gequetscht, dass er danach nichts mehr sehen konnte. Er sagte, dass er sich an keinerlei Bilder mehr erinnert. Ich denke manchmal, dass er damals seine Bilder gegen heilende Hände getauscht hat.

Nick

Mir ist ein wenig übel in dieser Wolke verschiedener Parfüms mit schweren Duftnoten von Eichenmoos bis Lavendel. Dazwischen mache ich noch den Geruch von Mias Menthol-Zigaretten aus. Wir sitzen im Karlsruher Schloss in Henriettes Konzert. Sie spielt auf dem Flügel und wird von ein paar weiteren Musikern begleitet. Mia tastet, es sei eine sehr persönliche Interpretation der Mondscheinsonate. Sie sitzt rechts von mir und Joana auf der linken Seite. Joana lehnt sich an mich.

Ich kann die festliche Atmosphäre spüren. Mia hilft mir die Musik zu erfassen, sie tanzt fast neben mir, bewegt sich im Takt und teilt mir mit, wie sie die Interpretation erlebt: traurig, amüsiert, drängend und sogar wütend.

Joana tastet mir etwas in die Hand: Wie hältst du es mit ihr bloß aus?

Das frage ich mich auch, antworte ich, aber ich genieße es, dass Mia mich mag.

Dabei mag ich Mia auch, sehr sogar. Sie ist ein besonderer Mensch. Uneigennützig. Obwohl sie vorgibt, genau das Gegenteil zu sein. Ehrlich, obwohl sie oft Angst vor der Wahrheit hat. Schonungslos mir gegenüber. Das ist das Beste. Außerdem gibt sie mir nie das Gefühl, dass ich sie brauche. Aber ich brauche sie. Ohne ihre Hilfe könnte ich mich nicht frei bewegen, nicht arbeiten – alles was mir wichtig ist, ist von ihrer Assistenz abhängig. Und oft tut sie so, als wäre es eher umgekehrt. Liebenswürdig und sehr intelligent.

Joana quartierte mich gestern direkt neben ihrem Schlafzimmer ein, mit der Begründung, es sei das Zimmer ohne Licht. Trotzdem hatte sie etwas anderes im Sinn. Sie schlüpfte in der Nacht, sehr dünn bekleidet, in mein Bett. Nun haben wir schon oft gemeinsam in einem Bett übernachtet. Schließlich sind wir zusammen aufgewachsen. Aber das hier war anders. Sie legte ihre Hand zwischen meine Schenkel, ziemlich weit oben. Ich fand es trotzdem nicht besonders aufregend. Es war eher weich und warm. Ich wollte einfach schlafen und sagte ihr das auch. Aber Joana gab keine Ruhe. Sie fand, dass wir zusammengehören. Sie habe sich in Tom vollends geirrt, sie habe nicht erkannt, dass die Beziehung mit ihm zum Scheitern verurteilt gewesen sei. Sie wolle mit mir zusammen sein und liebe mich. Ich fand das sehr schmeichelhaft, aber ich liebe Joana wie meine Schwester, nicht wie eine Frau.

Ich strich ihr wie bei einem aufgeregten Tier beruhigend über ihre langen braunen Haare und überlegte, wie ich aus dieser Situation herauskommen könnte. Dann griff ich Joanas Hand und tippte hinein:

Das stimmt, wir gehören zusammen. Ich liebe dich auch. Aber ich liebe dich anders. Lass dir Zeit, versuche die Trennung von Tom erstmal zu verarbeiten.

Sie antwortete: Ich kann warten, aber nicht zu lange. Gerade jetzt bist du einfach abgelenkt. Ist auch kein Wunder, weil Mia immer an dir klebt. Aber sie wird davonziehen wie ein Vogel im Herbst, du wirst sie nicht halten können. Ich werde für dich da sein und ich weiß, was du brauchst. Sie nimmt dein Geld, hat etwas Spaß mit dir und dann wird sie einen anderen finden.

Mia

Ich bin in einer Art Abstellkammer untergebracht. Der Raum, in dem ich übernachten muss, quillt über vor Umzugskisten, alten Möbeln, diverser Sportausrüstungen und Bücherkartons. Ich kann mich kaum rühren, mein Bett ist der einzig freie Platz. Das Zimmer liegt am weitesten entfernt von Nicks Zimmer. Das war Absicht.

Inzwischen finde ich die ganze Fahrt zu Joana nervig. Joana wirkt zwar bedrückt, aber statt um Trost scheint es ihr darum zu gehen, Nick dauerhaft hierher zu locken. Ständig macht sie diese Bemerkungen. In Karlsruhe sei die Versorgungslage für Nick einfach super, die Assistenz wird im Gegensatz zum Norden komplikationslos von der Krankenkasse des Landes übernommen.

Und dann kam gestern auch noch diese Mail an, von der ich nicht weiß, ob ich sie nochmal lesen will. Ich habe sie schnell weggeklickt. Eine wahre Stärke von mir, ich halte mir die Augen zu und hoffe, dass der Berg, vor dem ich stehe, von selbst verschwinden wird.

Jetzt sitzen wir alle drei im barocken Gartensaal des Schlosses. Ein feiner, kleiner Saal im Turmflügel, lange weiße Musselinvorhänge fließen auf den glänzenden Parkettboden. Henriette muss berühmt sein. Auf dem Weg hierher haben Joana und ich überall Plakate von ihrem Konzert entdeckt, ihr feines, sensibles Gesicht überdimensional vergrößert. Obwohl das Konzert fast ausverkauft war haben wir in letzter Minute noch einen dritten Platz neben unseren ergattern können. Joana hatte unbedingt darauf bestanden, beieinander zu sitzen.

Nick zieht seine Schuhe aus, denn so spürt er über den Fußboden die Vibration der tiefen Basstöne besser. Die Leute schauen irritiert, aber ein Mann im dunkelblauen Anzug sagt laut, das würde er auch am liebsten tun. Ich schwinge im Rhythmus der Musik mit und übertrage ihm die jeweilige Stimmung des Stückes.

Joana wirft mir einen verärgerten Blick zu. Ich mag Joana trotzdem, auch wenn sie sich seit unserer Ankunft sehr seltsam verhält. Es muss schlimm sein, wenn man sich so kurz nach der Hochzeit trennt. Aber da ist noch etwas.

Henriette

Es war eine ungewöhnliche Vorstellung. Ich spielte für Nick, obwohl er mich weder hört noch sieht. Ich hatte gehofft, Nick nach der Vorstellung allein treffen zu können. Aber Joana und Mia wollten auch in die Marktlücke mitkommen, eine Kneipe, die nur wenige Schritte von meinem Hotel entfernt liegt. Nun sitzen wir drei Frauen hier zusammen und reden, während er dabeisitzt und nichts mitbekommt. Ich möchte nicht, dass unsere Zeit mit sinnlosem Geplänkel verstreicht. Ich nehme meinen Mut zusammen und morse ihm:

SOS – kommst du mit auf mein Zimmer? Ich gehe jetzt, ich muss noch mit den Veranstaltern telefonieren, aber ich würde dich gern sehen.

Ich dich auch, gibt er lachend zurück, aber ich werde mich wohl aufs Fühlen beschränken müssen. Ich komme gleich nach.

Wie kommst du zu mir?, frage ich ihn.

Ich werde Mia bitten, mich zu begleiten.

Ist das eine gute Idee?

Sie ist meine Assistentin.

Joana

Ich werde mein Leben in geordnete Bahnen bringen. Tom war nicht der Richtige, aber das ist auch eine Chance. Ich versuchte davonzulaufen, ich wollte eigenständig sein. Wie konnte ich so anmaßend sein? Nick wird noch begreifen, dass wir zusammengehören und im Grunde schon lange ein Paar sind. Er braucht mich und ich brauche ihn. Nick kann nicht so weiterleben, permanent von einer Assistentin begleitet. Mia ist nicht unsympathisch, wenn ich sie woanders kennengelernt hätte, könnte sie eine Freundin sein. Ich mag ihre Fantasie und ihren Witz. Ich mag es sogar, dass sie etwas chaotisch ist. Aber als Assistentin von Nick geht das auf keinen Fall! Außerdem hält sie sicher nicht lange durch; ich weiß, wie schwierig es mit Nick sein kann. Ich habe mit ihm gelebt. Nick wird begreifen müssen, dass Mia bald weggehen wird; dann kommt die nächste Assistentin oder der nächste Assistent und immer so weiter. Ich werde alles in einer Person für ihn sein: Frau, Assistentin, später Mutter seiner Kinder. Er wird mich lieben.

Zum Glück ist Henriette schon gegangen, sie hat sich auch ganz schön an Nick herangeschmissen.

Ich gehe jetzt nach Hause. Nick, kommst du mit?, frage ich.

Nein, antwortet Nick, ich trinke noch ein Glas und dann werde ich Henriette auf ihrem Zimmer besuchen.

Mia

Seltsamer Abend. Erst verschwindet Henriette plötzlich und jetzt auch noch Joana. Sie ist wortlos gegangen. Sie kann mich nicht leiden, sie will Nick für sich. Aber einfach ohne einen Ton zu verschwinden –

Ich bin trotzdem froh, dass wir allein sind. Ich muss mit Nick klären, wie es hier weitergehen soll. Joana benimmt sich, als hätte ich ihr den Freund ausgespannt. Ist doch nicht meine Schuld, dass sie sich von Tom getrennt hat und es sich mit Nick auch nicht ganz nach ihren Vorstellungen entwickelt. Trotzdem beneide ich Joana ein wenig. Sie hat diesen eindrucksvollen Job an der Uni und besitzt alles, was ich nicht habe: Disziplin, einen Plan und sie sieht großartig aus. Aber nun ist ihr doch etwas entglitten: Tom ist weg. Sofort versucht sie einen Plan B durchzuziehen. Projekt Nick. Ich habe sie gestern Nacht gehört, als sie sich zu Nick schlich. Sie blieb lange, aber ich habe sonst nichts gehört und am nächsten Morgen kam sie aus ihrem eigenen Schlafzimmer. Läuft wohl nicht so optimal.

Gestern Abend habe ich in dieser Rumpelkammer von Gästezimmer ein Buch gefunden: Das Tagebuch von Joana: Es lag direkt unter Schuld und Sühne von Dostojewski. Kein schlechter Platz. Die ganze Nacht habe ich darin gelesen. Miss Perfekt hat einen dicken Makel. Einen fetten schwarzen Fleck auf dem weißen Kleid.

Nick

Bring mich zu Henriette, ich möchte allein mit ihr reden, taste ich Mia.

Wichtige Dinge muss man direkt ansprechen, denke ich. Besser geradeheraus und ehrlich. Mia zuckt etwas zusammen, das entgeht mir nicht, aber schließlich haben wir ein professionelles Verhältnis, das wird sie verstehen. Mia ist ein freiheitsliebender Mensch, sie tut auch, was sie möchte.

Dann sticht sie mir mit ihrem Fingernagel ein hartes Ja in die Hand.

Auf dem Weg nach draußen greift sie nochmal nach mir, Schultergriff:

Ich hatte vergessen dir mitzuteilen, dass ich eine Mail bekommen habe.

Was soll das?, antworte ich.

Mein Stellenumfang als deine Assistentin ist ab dem nächsten Monat um über die Hälfte der Stunden reduziert worden. Ich werde mir einen anderen Job suchen, davon kann ich nicht leben.

Was?

Ja, ich wollte es dir schonend beibringen, aber du bist so super egoistisch, dass ich mich inzwischen freue, mal wieder ohne einen Behinderten durch die Straßen zu gehen.

Ich stolpere und gerate ins Wanken. Mia fängt mich auf, lässt mich aber gleich wieder los.

Das sagst du nur, weil du nicht willst, dass ich mich mit Henriette treffe.

Geh du nur ins Altenheim zu Henriette, sagt sie, und deine Joana kann euch beiden dann die Bananenmilch bringen, wenn es mit dem Kauen nicht mehr so funktioniert.

Mia, hör auf! Joana ist der vertrauteste Mensch, den ich habe, außer meinen Eltern. Ich liebe sie. Sie hat mich immer beschützt und mir geholfen. Ich kann mich absolut auf sie verlassen.

Warum kriecht sie dann nachts heimlich unter deine Bettdecke und du schmeißt sie nicht raus?, fragt Mia.

Sie brauchte Trost. Aber erotisch finde ich sie nicht. Sie weiß doch selbst nicht mehr weiter nach der Trennung von Tom. Was regst du dich eigentlich so auf, Mia, wir sind doch kein Paar, du und ich. Joana und ich auch nicht. Überhaupt verwechselt Joana da gerade etwas. Sie kann nicht gut mit Verlusten umgehen, du weißt ja, wie schlimm der Tod ihrer Eltern bei dem Unfall damals für sie war, antworte ich.

Sie verwechselt so manches. Ich habe ihre Tagebücher gelesen. Sie hat damals den Unfall verursacht, bei dem du dein Sehvermögen verloren hast. Alles hat sie fein säuberlich aufgeschrieben: Ihr Vater bog auf dem Nachhauseweg mit dem Auto in eure Straße ab, ihre Mutter saß auf dem Beifahrersitz. Du warst auf dem Weg zu deren Haus. Dann hat Joana ihrem Vater die Augen zugehalten. Er hat die Kontrolle über seinen Wagen verloren, gerade als du die Straße überqueren wolltest, und hat dich erfasst. Vor Schreck, dich überfahren zu haben, hat er das Steuer noch mehr verrissen und ist frontal gegen die Mauer gefahren. Joanas Verhalten ist der Grund, dass du blind bist und dass ihre Eltern tot sind. Wer weiß, was sie noch alles für sich behalten hat.

In meinem Kopf schwirrt alles. Und als wäre das alles nicht völlig ausreichend, setzt Mia noch eins drauf:

Die ganze Verlogenheit hier und dein ständiges Balzverhalten reichen mir – ich kündige meine Assistenz bei dir, meine Freundschaft und das Plus. Ich begleite dich noch zurück nach Hannover, aber dann kannst du sehen, oh pardon, sehen kannst du ja nicht, dann kannst du machen, was du willst.

Die Gedanken wirbeln in mir herum. Joana hat recht gehabt. Mia wird mich verlassen. Und Joana? Warum hat sie mir nicht die Wahrheit gesagt? Joana war immer wie mein zweites Ich. Sie lernte die Fingersprache und die Gebärdensprache mit mir zusammen und war meine ständige Begleitung. Mit ihr habe ich Sorgen und Freuden geteilt. Sie war schuld an dem Unfall? Sie weinte doch oft und vermisste besonders ihre Mutter sehr.

Oder war sie traurig, weil sie sich schuldig fühlte? Aber sie war noch ein Kind. Sie hatte einen Fehler gemacht, sie konnte nicht absehen, was alles daraus erwachsen würde. Aber warum hat sie nie darüber gesprochen? Sie vertraute mir doch.

Kümmerte sie sich nur aus schlechtem Gewissen um mich, weil sie den Unfall verursacht hatte? Dann ist ihre Freundschaft eine Farce. Es ging ihr gar nicht um mich, wenn sie meine Nähe suchte und mir ihre Hilfe anbot. Es ging um sie, damit sie weniger schwer an ihrer Schuld zu tragen hat.

Alles ist eine Lüge. Es ist zum Kotzen.

Eines ist klar: Ich wäre nicht blind, wenn Joana ihrem Vater nicht die Augen zugehalten hätte. Als hätte Taubsein nicht schon genügt. Wegen ihr werde ich immer abhängig bleiben. Ein Behinderter, ein hilfloses Stück Holz auf dem weiten Meer.

Und Mia? Mia hat recht, es ist nicht angenehm mit einem wie mir durch die Straßen zu gehen. Sie hat nur Sex mit mir wegen des Geldes.

Meine ganze sorgsam aufgebaute Selbstsicherheit, meine gut polierte Fassade und mein Wunsch nach einem selbstbestimmten Leben und Beziehungen, die aus echtem Interesse, nicht aus Mitleid entstehen, – alles bricht über mir zusammen.

Mia

Nick rennt einfach los. Er stürzt auf die befahrene Straße. Er kann den Laster nicht auf sich zukommen sehen und hört nicht den schrillen Schrei von mir. Er rennt und rennt. Ich bekomme gerade noch mit, dass Nick hinter dem Lastwagen verschwindet. Schlage meine Hände vor das Gesicht. Der Lastwagen fährt laut hupend vorbei. Meine Hände sinken. Nichts zu sehen. Ich haste über die Fahrbahn. Wo ist Nick? Er liegt nicht tot auf der Straße. Er ist spurlos verschwunden. Kann es sein, dass er auf den Lastwagen gesprungen ist? Ich jage die Straße weiter hinunter, vorbei an der Baustelle. Ein dunkler Schatten biegt weit vor mir um die Ecke. Ist das Nick? Ich folge der Gestalt. Die Autolichter blenden in der Dunkelheit, es ist eiskalt geworden. Jetzt ist niemand mehr auf der Straße zu sehen. Ich bleibe stehen. Friere. Nicht vor Kälte, sondern vor Angst. Bitte, lass Nick am Leben. Ich blicke auf mein Handy. Keine Nachricht von ihm. Warum bin ich so hart zu ihm gewesen? Ich rufe Joana an, etwas Besseres fällt mir nicht ein.

Komm, Joana, Nick ist verschwunden, wir müssen ihn suchen.

Bleib wo du bist, ich komme sofort.

Zweimal habe ich Nick in kurzer Zeit verloren, zweimal bin ich schuld daran, dass er in Gefahr gerät, vielleicht schon tot ist.

Nick

Ich renne, weg von Mia, auf die andere Straßenseite. Es ist mir egal, was passiert. Ich stolpere über etwas, die Abtrennung einer Baustelle vielleicht und stürze kopfüber in ein mit Wasser gefülltes Loch.

Ein paar Augenblicke befinde ich mich in einem Zustand der Schwerelosigkeit. Es ist eiskalt in diesem Wasser. Ich versuche mich an die Oberfläche zu kämpfen, von der ich nicht weiß, wo sie ist. Die Grube muss riesig sein.

Ich komme endlich hoch, schnappe nach Luft und rufe laut nach Mia. Aber meine Stimme bleibt in dem eiskalten Wasser, es kommt kein Laut über meine Lippen, das spüre ich. Ich versuche mich an den Rand des Loches zu tasten, finde keinen Halt. Der steinige Sand um mich herum bröckelt. Meine Füße stoßen ins Leere. Der Mantel wird schwer und zieht mich abwärts. Ich versuche ihn auszuziehen. Vergeblich. Wo bleibt Mia? Ich spüre die Kälte nicht mehr.

Mia hat mal zu mir gesagt, dass es vor dem Leben nichts gibt und nach dem Leben wahrscheinlich auch nichts und dass sie sich sicherheitshalber für das Zwischendrin entschieden hat. Ich atme tief, sammle meine Kraft und schlage um mich, klatsche auf das Wasser – vielleicht hört jemand das Geräusch.

Ich bin nicht bereit, unter solchen Umständen zu sterben. Tod im Wasserloch. Das ist Darwin Award verdächtig und gehört sicher zu den dümmsten Todesfällen der Welt. Mia wird kommen.

Nichts.

Ich versuche nochmal, um Hilfe zu rufen. Diesmal habe ich das Gefühl, geschrien zu haben.

Nichts.

Weiß, denke ich, der Tod ist weiß.

Dann spüre ich etwas an meinen klammen Fingern. Eine kleine Hamsterhand.

Henriette

Ich schaffe es nicht, Nick allein aus dem Wasserloch der Baustelle heraufzuziehen, aber eine Gruppe Jugendlicher wird auf unsere missliche Lage aufmerksam. Die jungen Leute bieten an, uns ins Krankenhaus zu begleiten, aber wir entscheiden uns für das nahe gelegene Hotel.

Der Rezeptionist legt den Kopf schief, als Nick eine hässliche Spur von Sand und Wasser auf dem Teppichboden des Foyers hinterlässt, aber er traut sich nicht, mich zurechtzuweisen.

Ich übernehme die Reinigungskosten, rufe ich in seine Richtung.

Dann sitzen wir zusammen in der Wanne des großzügigen Hotelbadezimmers. Der Schaum hüllt uns ein, sein leises Knistern gefällt mir. Langsam kehrt das Leben in Nick zurück.

Er erklärt mir seine Farben:

Ein warmes Schaumbad ist gelb. Das Gewicht des Schaumes ist hellblau.

Ich verstehe Nick. Ich erlebe die Welt ebenfalls anders als die meisten Menschen. Das ist einfach so, ich bin weder besonders stolz darauf, noch halte ich mich für etwas Besonderes. Überall höre und spüre ich Klänge und Rhythmen. Jeder Gegenstand hat einen Ton und einen Takt, ebenso jeder Mensch und jede Begegnung. Wir in der Badewanne, das ist der Bolero von Ravel, der eindringliche, gleichförmige Rhythmus der Trommelstöcke, sehr langsam, im Gleichmaß das Zupfen der Streicher. Die Flöte, die die Melodie anstimmt, das bin ich und Nick ist die B-Klarinette, die diese Melodie übernimmt.

Wie hast du mich gefunden?, fragt Nick.

Ich fand die Vorstellung unangenehm, dass Mia mit dir zusammen vor meiner Tür steht. Ich hätte sie bestimmt eingeladen, mit ins Zimmer zu kommen, obwohl ich mit dir allein sein wollte. Nach dem Telefonat mit meiner Veranstalterin entschloss ich mich deshalb, dich aus der Kneipe abzuholen. Auf dem Weg dorthin habe ich einen seltsamen Laut von der Baustelle gehört und dich gefunden.

Ich nehme ein wenig von dem Schaum und streiche ihn sanft über Nicks Arme. Dabei komme ich ihm so nahe, dass er meine kleine, feste Brust an seinem Knie spürt.

Sie fühlt sich an wie eine Aprikose, sagt er.

Mia

Ich stehe immer noch an der gleichen Stelle auf der Straße, als endlich eine Nachricht auf dem Display meines Handys aufleuchtet.

Nick ist bei mir, Gruß Henriette.

Ein Glück, dass Nick nichts passiert ist. Ich bin so erleichtert. Aber dann ärgere ich mich. Er macht einfach, was er will und es interessiert ihn nicht, wie es mir dabei geht. Er ist eben ein Egoist. Ich habe mich viel zu sehr mit ihm aufgehalten. Einen anderen Job finde ich jederzeit.

Ein feines Ziehen in der Magengegend setzt ein, aber ich beschließe, es zu ignorieren. Ich rauche jetzt erstmal eine. Zigaretten mit Menthol brauche ich ohne Nick auch nicht mehr zu rauchen.

Das Ziehen kümmert sich nicht um meine Argumente.

Joana kommt um die Ecke gerannt.

Was können wir tun?

Nichts, antworte ich und stoße gemächlich eine Rauchwolke aus, er ist bei Henriette. Hat sich gerade gemeldet.

Was macht er bei Henriette?

Sex haben wahrscheinlich.

Joana starrt mich fassungslos an.

Wir fahren zurück zu Joanas Wohnung. Ich erzähle Joana von der Zugfahrt und Nicks erotischen Momenten mit Henriette. Ich verschweige auch nicht, dass ich Nick alleingelassen habe. Das Leben ist zu kurz, um mit einer Lüge zu leben.

In Joanas Wohnung brennt überall Licht.

Ich brauche Licht in den dunklen Monaten, sagt sie.

Ich schweige; Nick wird immer im Dunkeln leben müssen.

Es hätte ihm so viel passieren können, sagt Joana, Du hättest ihn nie allein lassen dürfen. Es wird Zeit, dass ich mich wieder um ihn kümmere. Du bist offensichtlich überfordert.

Du hast es nötig, mir Vorhaltungen zu machen. Du bist schließlich schuld daran, dass er nie wieder sehen wird. Ich habe dein Tagebuch gelesen.

Du bist hinterhältig an mein Tagebuch – ...?

Hinterhältig bist du! Nick muss damit leben, nicht sehen zu können. Er hat dir vertraut und du hast ihn belogen, die ewig Gute gespielt. Dabei hattest du nur ein schlechtes Gewissen. Du hast aus irgendwelchen Gründen Tom verlassen und versuchst einfach, mit Nick die Lücke zu füllen. Damit du die Leere nicht aushalten musst. Dass nenne ich mal Missbrauch von Abhängigen.

Ich spüre, wie ich rote Flecken am Hals bekomme. Außerdem bin ich damit beschäftigt, das hartnäckige Ziehen in meiner Magengegend zu unterdrücken. Zorn hilft dabei sehr.

Joana, du hast dein ganzes Leben mit einer Lüge gelebt. Du drehst die Dinge, wie du sie haben willst. Du versuchst zu manipulieren, wie es dir gerade passt.

Das war unfair, jetzt bin ich einen Schritt zu weit gegangen.

Joana

Das saß. Aber Mia hat im Grunde recht. Wenn sie einen Fehler macht, gibt sie es zu. Bei mir war von Anfang an alles verlogen und verdreht. Ich muss damit aufhören.

Mia, hör zu. Ich halte es schon lange nicht mehr mit mir selbst aus. Dabei habe ich mir Mühe gegeben, Tom zu lieben, aber es ist nicht viel daraus geworden. Nach alldem, was vorgefallen ist, habe ich ihn nicht verdient. Aber gegen alle Vernunft wollte ich es trotzdem versuchen. Unsere Hochzeit sollte nur mit uns beiden zu tun haben. Noch am gleichen Tag habe ich gemerkt, dass ich einen Riesenfehler gemacht hatte. So viel glückliche Zweisamkeit konnte ich nicht ertragen. Nach der Hochzeit war ich weder in der Lage, mit Tom zu schlafen, noch wollte ich ein ganzes Leben mit ihm verbringen. Das gemeinsame Leben mit Tom, das Glück. Es steht mir nicht zu. Ich habe ihn gebeten, mich zu verlassen, und er ist gegangen.

Mia schaut mich betroffen an: Wieso hast du ihn nicht verdient? Und warum steht dir ein Leben mit Tom nicht zu?

Das mit Tom war noch nicht alles. Lass mich weitersprechen, bevor ich es mir anders überlege:

Ich habe auch gelogen, was meine Eltern angeht. Ich wollte, dass ihnen etwas Schlimmes passiert. Ich habe meinem Vater die Augen absichtlich zugehalten, ich wusste genau, wie gefährlich es sein würde. Ganz fest habe ich meine Hände auf seine Augen gepresst, damit er sie nicht einfach wegschlagen konnte. Ich wollte ihn bestrafen, weil er meine Mutter quälte. Mit seiner lauten Stimme bestimmte er alles, was zu Hause geschah. Er war Richter am Amtsgericht und er richtete auch zu Hause.

Meine Mutter war das klassische Opfer. Sie hat alles für ihn getan, sich demütigen lassen. Was sie tat, war in seinen Augen verkehrt.

Als der Unfall geschah, war meine Mutter fünfunddreißig. Ich habe nicht gewollt, dass sie stirbt, aber ich habe es in Kauf genommen.

Ich atme tief ein. Diese Worte habe ich schon hundert Mal gedacht; es tut gut, sie endlich auszusprechen. Mia hört mir zu und hält aus, was ich ihr sage.

Sie nickt mir zu.

Meine Mutter war verzweifelt. Sie zog mich ins Vertrauen. Ich konnte angeblich nicht schlafen, deshalb übernachtete sie bei mir. Immer wieder versprach sie mir, dass sie sich bald trennen würde. Ich hielt durch.

Fast jeden Tag spielte ich nebenan mit Nick. In seiner Familie war es anders. Seine Eltern sprachen miteinander, anstatt zu schreien, neckten sich und lachten viel. Dass Nick taub war, schien sie überhaupt nicht zu stören. Sie liebten ihn und brachten ihm einfach alles bei, was er wissen musste. Ganz nebenbei lernte ich die Gebärdensprache. Sooft ich durfte, habe ich bei Nick übernachtet. Seine Eltern haben mich unterstützt, wenn ich nicht nach Hause wollte. Ich glaube, sie wussten, wie es bei uns zu Hause zuging.

Eines Tages ließ meine Mutter den Lieblingsbecher meines Vaters fallen und die Scherben verteilten sich über die Küchenfliesen. Er schrie sie wieder an. Sie weinte. Es war nur eine von vielen hässlichen Szenen, aber es war der eine Tropfen zu viel. Später sagte sie zu mir, dass sie es nicht mehr aushalten könne, es wäre Zeit für sie zu gehen. Verstehst du? Sie sagte nicht mehr: Wir müssen gehen. Bis dahin waren wir immer Komplizen gewesen. Sie wollte mich mit ihm allein lassen. Jedenfalls verstand ich das so.

Ab diesem Zeitpunkt wurde mir klar, dass ich eine Lösung finden musste. Meine Mutter war zu schwach dazu. Eine Idee begann in mir zu reifen. Ich musste dafür sorgen, dass mein Vater starb. Das schien mir nur natürlich. Aber ich war trotzdem wütend auf meine Mutter, weil sie mich im Stich lassen wollte: Sie sollte einen Denkzettel verpasst bekommen.

Was meinen Vater anging: Wer Unrecht tut, muss hart bestraft werden. Es waren seine eigenen Regeln, ich habe sie nur angewandt. Aber dass meine Mutter stirbt, habe ich nicht gewollt.

Ich war davon überzeugt, dass meiner Mutter und mir bei dem Unfall nichts Gravierendes passieren würde. Eine Art magisches Denken, so als könnte ich bestimmen, wer bei einem Unfall stirbt und wer mit dem Schrecken davonkommt.

In der ersten Zeit nach dem Unfall habe ich nicht begriffen, was ich angerichtet hatte. Ich fragte mich immer wieder, wie lange Mutters Tod dauern werde. Als würde sie wieder zurückkommen.

Über den Tod meines Vaters war ich nur erleichtert. Ich hatte lediglich ausgeführt, was meine Mutter nicht zustande gebracht hatte.

Das mit Nick tat mir unendlich leid. Wir wuchsen wie Geschwister auf. Die Eltern von Nick haben mich nach dem Unfall sofort bei sich aufgenommen. Ich habe mich nie getraut, ihnen zu sagen, dass ich dafür verantwortlich bin, dass Nick erblindet ist. Alles war ein furchtbares Dilemma. Ich war sehr froh, bei Nick zu wohnen, und diesen Platz wollte ich nicht riskieren. Außerdem vermisste ich meine Mutter und war gleichzeitig schuld an ihrem Tod.

Erschöpft lehne ich mich zurück. Meine Tränen laufen über mein Gesicht. Ich bin erleichtert, dass ich nichts beschönigt und nichts weggelassen habe.

Das hört sich alles schrecklich verstrickt an. Aber warum willst du mit Nick ins Bett?, fragt Mia.

Ich möchte wieder mit ihm leben. Ein eigenes Leben zu führen, schaffe ich nicht. Ich bin nicht in der Lage, mit einem Mann wie Tom zusammen zu sein. Es steht mir nicht zu. Mit Nick ist es anders: Ich trage meine Schuld an ihm ab, denn obwohl Nick mir sehr nah ist, war meine Rolle, für ihn da zu sein, nicht immer leicht für mich. Es wurde mir sogar manchmal zu viel. Aber das habe ich ihm nie gesagt. Als ich nach Karlsruhe gezogen bin, hoffte ich, mich von der Vergangenheit lösen zu können. Aber nachdem, was ich getan hatte, war es mir nicht möglich.

Du warst ein Kind!, sagt Mia. Du kannst nicht einfach über Nick bestimmen, nur weil er abhängig von Hilfe ist.

Weißt du, Mia, du wirst bald weg sein, ein kleines flüchtiges Abenteuer in seinem Leben, aber ich werde immer für Nick da sein können. Du hast doch keine Lust auf einen Behinderten. Im Moment kommst du dir irgendwie interessant damit vor und dein Filmprojekt findest du spannend. Aber reicht das für ein Leben? Was ist, wenn du wieder deiner Wege gehst?

Ich muss zugeben, dass du einen empfindlichen Nerv getroffen hast, sagt Mia, du hast recht und gleichzeitig unrecht, was mich betrifft. Aber deine Haltung Nick gegenüber ist egoistisch: Damit du deine Schuldgefühle abarbeiten kannst, soll Nick mir dir zusammen sein. Es geht dir gar nicht um ihn. Ist dir mal in den Sinn gekommen, dass Nick da auch ein Wörtchen mitzureden hat? Mir hat er gesagt, er liebe dich wie eine Schwester, aber er will dich nicht als Frau.

Es wird Zeit, dass du dich deiner Schuld stellst. Den Anfang hast du gemacht. Was du jetzt brauchst, ist Hilfe.

Nick

Mia und ich sitzen im Zug zurück nach Hannover. Sie tastet in meine Hand:

Du solltest Joana in der Spezialklinik besuchen, für die sie sich entschieden hat. Vielleicht kannst du auch an ein paar Therapiesitzungen teilnehmen.
Spinnst du?, frage ich.
Nein, ich meine es vollkommen ernst. Du glaubst, du musst immer den Superbehinderten spielen: den Draufgänger, Wunderheiler, aber deine eigene Verletzlichkeit lässt du nicht zu. Vielleicht braucht Joana auch deine Hilfe. Es wäre gut, wenn du ihr verzeihen könntest.
Ich habe ihr schon verziehen. Aber was den Superbehinderten angeht: Menschen mit Behinderung dürfen weder zu selbstbewusst sein noch sollen sie zu wenig Selbstwertgefühl besitzen. Man sagt uns gern, wie wir sein sollen.
Könnte auch was dran sein, antwortet Mia und dann fragt sie:
Was war mit Henriette?
Henriette hat mir erzählt, dass sie wieder mehr Menschen in ihr Leben lassen muss. Die Musik hat sie nach und nach vollständig besetzt und sie hat die Tür für ihre Tochter und auch für andere immer fester zugezogen. Sie hat ihre Tochter so lange nicht gesehen, dass sie nicht mehr weiß,

wie sie lächelt. Falls die Tochter ihr verzeiht, möchte sie so bald wie möglich etwas daran ändern. Sie hat sich bei mir bedankt, denn seit vielen Jahren spürte sie erstmals wieder den Wunsch, einem Menschen nahe zu sein. Sie wirkte sehr gelöst, als sie sich von mir verabschiedete.

Und?

Nichts und. Ach doch, sie meinte, wir wären ein schönes Paar.

Mia gibt sich zufrieden und ich denke über die letzten Tage nach. Henriette und mich verbindet etwas. Ich glaube, dass man im Leben nur sehr selten auf einen Menschen trifft, mit dem man sofort vertraut ist.

Mit Joana habe ich über alles geredet. Ich bin froh darüber. Ich konnte ihr nicht ersparen, dass ich mich von ihr getäuscht gefühlt habe. Die Wahrheit ist immer zumutbar. Und obwohl es schwer für sie ist: Ich bin nicht auf sie angewiesen. Aber ich verstehe sie auch. Vielleicht hätte ich an ihrer Stelle genauso gehandelt.

Ich nehme Mias Hand, aber ich weiß nicht, wie ich anfangen soll. Ich streiche über ihre Handinnenflächen, dann verschränke ich mich mit ihrer Hand.

Ich weiß es jetzt, tastet Mia, 0,00000000000013 g.

Was soll das?

Ich habe es nochmal ausprobiert. So viel wiegt Badeschaum.

Ich überlege, was für eine Farbe Glück hat. Aber ich komme nicht darauf, und gerade als ich meine, es zu wissen, küsst mich Mia und tastet in meine Hand:

Wenn du noch willst, würde ich gern bei dir bleiben, auch ohne jede Bezahlung.

Orange, erinnert sich Nick, orange ist die Farbe des Glücks.

Verlustmeldung

Seit Mittwoch
Wird vermisst
Ein schönes Gesicht
Verschwundenes Seelenblau

Zustand der Meldeperson:
Retrograde Amnesie
bei Herzburnout

Weitere Verdachtsdiagnose:
Sehnsuchtsdemenz

Zur Beachtung:
Bitte zurückbringen

GRÖSSENVERHÄLTNISSE

Von weitem betrachtet
Bin ich
Ein winziges Teilchen
In einem riesigen Raum
Der sich wiederum
In einem gigantischen Raum befindet
Puppe in der Puppe

Dir macht es nichts aus
Ein Teil zu sein
Vom Ganzen
Das lässt dich wachsen

Ich allerdings
Verliere mich leicht
In Räumen und Zwischenräumen
Vom großen Ganzen

Zum Glück
Finde ich mich
immer wieder
Ein Leben lang schon

Ein winziges Geräusch

Es fehlt etwas. Auf dem Tisch liegen einige Lebensmittel für unser Abendessen, Kürbiscremesuppe und zum Nachtisch Bratäpfel – aber mir fehlt eine wichtige Zutat. Ich muss nochmal los. Auf dem Weg zum Supermarkt werde ich mich noch um die Wohnung meiner Freundin kümmern; sie verbringt einige Monate im Ausland. Wir werden morgen in den Herbsturlaub nach Portugal fliegen. Ich habe unsere Koffer schon gepackt. Die Kinder habe ich vor dem Fernseher geparkt, irgendein harmloser Tierfilm. Während ich den Autoschlüssel suche, fällt mein Blick auf den Ausdruck einer Ticketbestätigung für meinen Mann Nicolas zum Autorennen 24 Stunden von Le Mans. Es gibt ein winziges Geräusch in mir. Es klingt wie das Zersplittern von Eis, wenn man auf einen zugefrorenen See tritt. Normalerweise achte ich nicht auf solche Empfindungen, weil ich zu viel zu tun habe: ich arbeite als Operationsschwester, da kann ich es mir nicht erlauben, mich von Befindlichkeiten ablenken zu lassen. Außerdem versorge ich ein Haus, Nicolas und die Kinder, Finn und Karl. Und was noch alles damit verbunden ist. Aber dieses Geräusch stimmt nachdenklich. Es klingt, als wäre etwas in mir kaputtgegangen.

Die Spinne ließ sich an ihrem seidenen Faden gemächlich herab und schien zwischen dem alten Apfelbaum und der kleinen Wiese vor dem Haus zu schweben. Die letzten Sonnenstrahlen des späten Septembers leuchteten auf dem schlangenartig braun-weiß gemusterten Körper des Tieres. Gelassen baumelte die Spinne an ihrem Faden, schaukelte hin und her und gönnte ihrer Beute im Netz noch eine kleine Verschnaufpause.

Fasziniert beobachtete der achtjährige Finn das kleine Wesen und hielt seine Becherlupe bereit. Er genoss diesen

Moment. Noch befand sich die Spinne in Freiheit und ließ sich nichtsahnend im Luftstrom des beginnenden Herbstes treiben.

Ein kreisrundes Netz spann sich oberhalb des Tieres im Apfelbaum und einige gefesselte und sorgsam gehütete Insekten warteten auf ihr Schicksal.

Dann drehte Finn den Deckel des Bechers ab und bugsierte mit einer geschickten Bewegung, die man dem ansonsten eher behäbig wirkenden Kind gar nicht zugetraut hätte, die Spinne in das Behältnis.

Er wusste, dass es sich bei seiner Beute um eine ungefährliche Kreuzspinne handelte. Er rezitierte laut und deutlich:

»Die Spinne mit dem Kreuz auf dem Rücken verharrt oft bewegungslos genau im Zentrum des Netzes. Das Rückenmuster dieses Tieres entsteht durch die Einlagerung von Guaninkristallen in die Haut, die das Licht reflektieren. Der Biss der Kreuzspinne kann die meisten Stellen unserer Haut nicht durchdringen.

Die meisten Spinnen verbringen ihr Leben allein und treffen nur bei der Paarung auf Artgenossen. Die Weibchen werden viel älter und die Männchen versterben meist nach der Paarung.«

Nichts hätte Finn von seinem Vortrag abhalten können. Informationen aus Fachbüchern verschlang er wie andere Kinder Gummibärchen.

Das Wissen war oft sehr mächtig, mächtiger als Finn. Es spulte sich auch in unpassenden Momenten ab, beim Frühstück etwa, wenn der Rest der Familie noch dem Schlaf nachhing. Karl, sein kleiner sechsjähriger Bruder, schrie Finn bei seinen endlosen Vorträgen manchmal an, um ihn zu stoppen. Das Wissen ließ sich aber nicht vertreiben, es blieb hartnäckig darauf bestehen, dass es gesagt werden musste, in immer genau der gleichen, monotonen Intonierung ohne Pause. Finn war in solchen Situationen zumute, als könne er nicht atmen, als hätte er irgendeinen

Gegenstand verschluckt, der in seiner Kehle festsaß und der ihn daran hinderte, tief Luft zu holen.

Vielleicht war die ungeheure Menge von Fakten in Finn zu groß und sein Gehirn verschaffte sich durch das Abspulen Platz, um wieder arbeiten zu können.

Finn verstand vieles in der Welt anders als seine Familie. Diese behauptete, ihre Sicht der Dinge sei die richtige. Finn ärgerte es immer wieder, dass seine Familie so schwer von Begriff war. Fühlte er sich unverstanden, dann konnte er gemein werden. Jedenfalls würden das Karl und seine Eltern so sagen. Er empfand seine Verhaltensweisen nur als gerecht.

Gerade jetzt war Finn ärgerlich, denn er konnte seine Mutter nicht finden. Sie sollte ihm ein neues Buch bestellen. Wahrscheinlich war sie wieder einkaufen gefahren, ohne ihm Bescheid zu sagen, obwohl er dies schon unzählige Male eingefordert hatte. Auf dem Handy konnte er sie nicht erreichen, auch das war entgegen der Abmachung, die Anrufe von ihm sofort entgegenzunehmen. Karl hatte ihm bei der Suche nach der Mutter nicht helfen wollen, sondern nutzte die Chance, einen ansonsten unerlaubten Film zu schauen.

Finn wusste, dass sein kleiner Bruder Karl unter einer panischen Angst vor Spinnen litt, die mit der Größe des Tieres explosionsartig anstieg, und diese Kreuzspinne hier war ein Riesenexemplar. Die sinnlose Panik vor einem harmlosen Tier war zudem der eindeutige Beweis für Finn, dass Karl vieles nicht begriff.

Finn lief die Stufen ins Haus hinauf. Der jüngere Bruder saß gebannt vor dem Bildschirm in dem kleinen Fernsehraum. Wortlos öffnete Finn den Deckel der Becherlupe und gab der Spinne einen aufmunternden Schubs, sodass sie aus dem Behältnis fiel. Regungslos und eingerollt lag sie auf dem kleinen Glastisch, direkt vor Karl, der immer noch auf den Fernseher starrte.

»Schau mal, ein besonders schönes Tier.« Finns Stimme klang gleichförmig, fast unbeteiligt. Karl blickte trotzdem neugierig auf den Tisch und entdeckte die Spinne, die gerade mühsam anfing, sich wieder zu bewegen.

Mit einem großen Satz schnellte Karl empor. Das Gesicht verzerrt und kreidebleich schoss er zur Tür, die Finn zugezogen hatte. Ein paar entsetzliche Sekunden lang konnte Karl die schwere Tür ins Freie nicht öffnen, er zog und rüttelte mit aller Kraft an der Klinke, bis diese schließlich nachgab. Schreiend floh Karl nach draußen, die Eingangstreppe hinunter, über den Hof des alten Gehöftes, vorbei an der Wiese, vorbei an den Apfelbäumen, hinaus auf die Straße, blind in seiner Angst.

Nicolas war auf dem Heimweg, summte zufrieden die Melodie im Radio mit und freute sich auf den bevorstehenden Herbsturlaub mit der Familie. Seinen vierzigsten Geburtstag hatte er vor wenigen Wochen ausgiebig gefeiert. Vierzig zu sein fand er sehr angenehm. Endlich fühlte er sich alt genug, die Dinge zu sagen und zu tun, die ihm vorher keiner zugetraut hatte, und er fühlte sich jung genug, die Dinge zu sagen und zu tun, die er sich bis dahin selbst nicht zugetraut hatte. Gelassen zündete er sich eine der wenigen Zigaretten an, die er sich hin und wieder erlaubte, obwohl er seiner Frau Janina versprochen hatte, nicht mehr zu rauchen. Bei offenem Fenster und lauter Musik sog er den Rauch ein und blies ihn genüsslich wieder aus. Mit kleinen, ruckartigen Mundbewegungen stieß Nicolas feine Rauchgebilde aus, einige recht ordentliche Kringel kamen zustande und wurden gleich wieder zerstoben vom Fahrtwind.

Seit einigen Jahren hatte man ihm eine leitende Position anvertraut in dem großen Betrieb. Gerade anlässlich seines runden Geburtstages war seine Fähigkeit, den Überblick zu behalten und seine freundliche, wohlwollende Art sehr gelobt worden. Er hatte keine besonders engen

Freunde bei der Arbeit, aber auch keine Feinde. Genau das schätzten die Kollegen an ihm.

Auch meine Ehe ist gut, überlegte Nicolas. Natürlich war viel Gewohnheit dabei, aber zwölf Jahre Ehe waren eine lange Zeit, Liebe ein großes Wort, er bevorzugte den Begriff Zuneigung. Janina hatte in den letzten Monaten vermehrt Gespräche mit ihm führen wollen über ihre Beziehung. Er hatte es immer noch rechtzeitig abbiegen können, so etwas führte zu nichts. Es war gut so, wie es war, auch wenn er seine Frau nicht mehr so attraktiv fand wie früher. Janina gab ihm Sicherheit, sie hatte klare Vorstellungen, war verlässlich und eine liebevolle Mutter für Karl und Finn. In den letzten Jahren waren ihm ein paar Veränderungen bei ihr aufgefallen. Sie war stiller geworden und zog sich mehr zurück, oft zum Malen. Was sie da zuwege brachte, war gar nicht mal schlecht; sie hatte immer Talent gehabt und vielleicht ließ sich hier ein weiteres wirtschaftliches Standbein aufbauen. Bevor Nicolas und Janina sich kennenlernten, hatte sie vorgehabt, Kunst zu studieren. Letztlich entschied sie sich damals aber doch für die Ausbildung zur Krankenschwester.

Vor zwei Jahren hatte er eine flüchtige Affäre mit einer Kollegin gehabt. Es war zunächst sehr reizvoll und unkompliziert, aber dann hatten ihn die Forderungen der jungen Frau belastet. Wenig später wechselte sie zum Glück ihren Arbeitsplatz und zog in eine andere Stadt. Es war nichts von Bedeutung gewesen, niemand hatte verletzt werden müssen. Er lehnte die gnadenlose Aufrichtigkeit seiner Bekannten und Kollegen nach einer Affäre ab. Warum verschonten sie ihre Frauen nicht mit den selbstanklagenden Demütigungen, insgeheim eine Absolution erwartend. Nein, so war er nicht, er hatte es genossen, sich aber nicht zu tief eingelassen, einen klaren Schnitt gezogen und niemanden gekränkt.

Jemand verlas inzwischen Nachrichten im Radio, Nicolas regelte den Ton etwas herunter:

»Die Lage der Flüchtlinge entlang der europäischen Grenzen hat sich nicht entspannt ...«

Nicolas schüttelte unwillig den Kopf. Er drückte den Aus-Knopf, wollte seine gute Stimmung zurück. Auf ihn machte die ganze Flüchtlingspolitik einen völlig unorganisierten Eindruck, ohne Vorausschau oder Kreativität.

Was kann ich tun?, fragte sich Nicolas. Er hatte mehrfach gespendet, aber das war unbefriedigend, ein Tropfen auf den heißen Stein, planlos gleichermaßen. Er dachte an seine Großeltern, die waren nach dem Krieg auch Flüchtlinge gewesen, Vertriebene, entwurzelt, beschämt – es waren Jahrzehnte vergangen, bis sie ihr Schicksal angenommen hatten. Sein Großvater Karl hatte vor der Flucht einen Hof besessen und seine Selbstständigkeit geliebt. Beides vermisste er sein Leben lang hier. Nicolas dagegen vermisste ihn, er hatte ihn geliebt, wie man als kleiner Junge Großväter liebt: unkompliziert und ehrlich. Karl hat er geheißen, wie unser Karl, dachte Nicolas, er hat mir das Angeln beigebracht. In seinem Kleingarten hat er mir gezeigt, wie man ein Spargelbeet anlegt und wie gut Kartoffeln aus dem Kartoffelfeuer schmecken.

»Studiere. Wissen kannst du überall mitnehmen, deinen Boden nicht«, hatte Großvater gesagt.

Flüchtlinge waren Flüchtlinge, egal woher sie kamen, dachte Nicolas. Man muss ihnen helfen, das würde Generationen dauern, bis sie sich in Deutschland zu Hause fühlen würden.

Er würde sich engagieren, aber nicht so, ohne Konzept.

Seine gute Laune kam zögerlich zurück. Es geht uns gut, dachte Nicolas, der Beruf, der Urlaub, das gemütliche Zuhause. Wir haben viel erreicht. Sein Haus war ein altes, liebevoll restauriertes Weingut mit einem idyllischen Garten und einer Streuobstwiese. Allein das Wort Streuobstwiese löste einen warmen Schauer in Nicolas aus, die alten Apfelsorten, widerstandsfähig, ohne Pestizide gereift. Viele der diesjährigen Äpfel lagerten bereits in seinem Keller. Manche Sorten gab es schon ewig: Der Braune Matapfel wuchs seit fünfhundert Jahren in der Region und es erfüllte Nicolas mit Stolz, einen solchen Baum zu pflegen. Ehrliche Äpfel waren das, keine mühsam gereisten Braeburn oder Pink Ladies aus Australien. Graue französische Renette, Heimeldinger, die Namen zergingen auf der Zunge wie die Gerichte, die Janina daraus zubereitete: Kartoffelplätzchen mit Apfelmus, Rote-Bete-Apfel-Salat mit Ziegenkäse-Crostinis. Köstlichen Bratapfelkuchen mit Streuseln aus dem Gelben Edelapfel, dem besten Backapfel überhaupt – die Bäume hochgewachsen, mit breiten Kronen, nicht in langen Reihen niedrig geknechtet.

Vielleicht wäre er ein guter Landwirt oder Winzer geworden, aber das war nicht infrage gekommen. Obwohl er die Wahl gehabt hatte. »Mach, was du für richtig hältst«, hatte sein Vater gesagt, aber gemeint hatte er etwas anderes und Nicolas hatte sich für den von ihm erwarteten Weg als Ingenieur entschieden.

Viel Kraft hatte die Restaurierung seines Hauses in Anspruch genommen. Er hatte gemauert, verputzt, gefliest. Nur die Installation und die Elektrik, die hatte er anderen überlassen. Janina hatte ihm geholfen, sie konnte mit Werkzeugen genauso gut umgehen wie er. Seine Idee, die großen Fenster einzubauen und den Blick auf die Wiese zu öffnen, hatte sich rentiert. Die wertvollen alten Frisierstühle aus Italien zu finden war nicht einfach gewesen; sie standen am Kastanienholztisch. Ein Tisch, riesig, an dem eine Großfamilie hätte sitzen können.

Janina hatte sich viele Kinder gewünscht, sieben mindestens. Zu Beginn ihrer Beziehung hatte er diese Ansicht geteilt, bald nach der Geburt von Finn hatte er seine Meinung jedoch geändert: Er wollte keine weiteren Kinder. Die ersten Monate seines Lebens hatte Finn nur geschrien. Karl war schon ein Zugeständnis an Janina gewesen.

Finn war ein merkwürdiger Junge: oft unzugänglich, intelligent, sehr sprachgewandt, geradezu erstaunlich, was er bereits als Zweijähriger formuliert hatte, keine Kleinkindsätze. Nie war Finn so herzlich und warm gewesen wie Karl, der kleine Bruder, der immer seine kurzen Ärmchen hochgestreckt und nach Nicolas gerufen hatte.

Manchmal echote Finn komplette Formulierungen aus dem Radio, dachte Nicolas, genau in der gleichen Stimmlage des Reporters, ein Echo. Nicolas war das immer unheimlich gewesen, auch sein Aneinanderreihen von Spielsachen. Die Playmobilfiguren standen in immer der gleichen Formation, komplex, gut durchdacht – aber sie verharrten unbeweglich, selten wurde etwas verändert. Karl spielte leidenschaftlicher, er sauste durch das Haus, war Ritter, Polizist, er verkleidete sich gern als Zorro, den schwarzen Umhang hatte er monatelang getragen, seit dem letzten Fasching. Karls Playmobilfiguren schienen zu leben, er gab ihnen verschiedene Stimmen. Die Aufbauten wechselten jeden Tag, abends konnten sie meist problemlos weggeräumt werden; der neue Tag brachte neue Variationen.

Nicolas und Janina brachten die Kinder abwechselnd ins Bett, heute würde er Karl vorlesen, insgeheim freute sich Nicolas; Finn war anstrengender. Der Kleine hingegen bewunderte ihn. Er lachte, wenn Nicolas die immer gleichen Scherze machte, ihn schulterte oder Flugzeug spielte, um dann sein Bett anzusteuern. Janina schimpfte: Du sollst ihn zur Ruhe bringen, nicht aufregen.

Nicolas bog in den kleinen Weg zu seinem Haus ein. Es begann bereits früher dunkel zu werden, die Sonne schien noch, aber die Länge der Schatten kündigte den Herbst an.

Etwas Kleines, Dunkles sprang vor seinen Wagen. Die Bremsen quietschten, alles ging rasend schnell, das Auto kam gerade rechtzeitig zum Stehen. Karl starrte einen Augenblick auf die Motorhaube des blauen Sportwagens seines Vaters, rannte dann aber gehetzt weiter in seiner Panik vor dem Spinnenungeheuer.

Nicolas ließ sich in den Sitz des Autos zurückfallen. Fast hätte er Karl überfahren. Seine Hände zitterten ein wenig. Beruhige dich, sagte er zu sich selbst, es ist nichts geschehen.

Er würde seinen Sohn später zur Rede stellen; niemand war verletzt, er hatte zum Glück gut reagiert. Nicolas fuhr bis vor das Haus, stieg aus, die Knie etwas weich, die Angst hatte sich sehr unangenehm im Nacken festgekrallt, und er betrat über die alten Sandsteinstufen den Eingangsbereich.

Aus dem kleinen Fernsehzimmer drangen Laute, die Tür stand weit offen. Hallo, Finn, rief Karl.

Finn schaute eine Sendung über Tiere im Teich. Keine Reaktion. Das kannte Nicolas schon: Sein Ältester starrte versunken auf einen riesigen Frosch, dem zwei weißlich transparente Ballons aus den Mundwinkeln wuchsen wie Kaugummiblasen. Nicolas schloss die Tür. Eine Begrüßung, eine Umarmung waren nicht zu erwarten, besonders, wenn Finn vor dem Fernseher saß.

Nicolas suchte Janina. Er ging in die Küche, dort lagen ein paar Zutaten für das Abendessen, frisches Brot, ein Kürbis, Zwiebeln, Ingwer, ein paar gelbe Äpfel, Käse. Warum hatte sie noch nicht gekocht?

Im Bad war sie nicht, Nicolas wusch sich ausgiebig das Gesicht, die Hände. Es tat gut, anzukommen, zu Hause zu sein. Er würde mit Janina reden müssen über den Vorfall mit Karl, sie würde besser auf ihn achten müssen. Was war nur in den kleinen Kerl gefahren?

Nicolas beschloss nach oben zu gehen, sich umzuziehen. Janina malte vielleicht an einem Bild, darüber vergaß sie manchmal die Zeit.

Im oberen Stockwerk lauschte Nicolas in die Stille.

Man spürt, dass niemand hier ist, dachte Nicolas.

Er fuhr sich mit der Hand über den schmerzenden Nacken.

Auf der Kommode im Schlafzimmer lag ein weißer Zettel aus der Notizbox. Ein Foto lag darunter. Mit flüchtiger Schrift, eher beiläufig notiert, stand dort:
An Nicolas
Ich werde nicht mitfahren. Melde mich in zwei Wochen.
Janina

Bilanz
1. Tag

Wäre ich jetzt nicht gegangen, dann hätte ich es womöglich nie geschafft.

Meine Freundin, die sich für ein paar Monate im Ausland aufhält, hatte mir schon vor längerem die Schlüssel für ihr Apartment in meine Hand gedrückt. Du kannst ruhig mal ein paar Tage dort wohnen, Janina, sagte sie. Damals hatte ich mir nicht vorstellen können, dass ich das Angebot annehmen werde. Aber das splitternde Geräusch in mir hat mich beunruhigt. Ich werde nicht mit meiner Familie in den Herbsturlaub fahren. Stattdessen werde ich Bilanz ziehen, um herauszufinden, wie es mit meiner Ehe und meiner Familie weitergehen soll.

Beim Schreiben ist es wie in einem aufgewühlten Aquarium, in dem sich aufgewirbelter Sand setzt und das Wasser wieder klar wird.

An Nicolas
Ich möchte mich nicht entschuldigen, sondern erklären. Seit längerem wollte ich mit Dir reden, leider fandest Du bisher immer einen Weg abzulenken oder zu bagatellisieren.

Ich habe Dich geliebt Nicolas. Du bist ein guter Mensch und in vielen Bereichen des Lebens ein wunderbarer Mann. Leider konnte ich in den letzten Jahren nicht mehr zu Dir durchdringen. Du warst mit Dir beschäftigt. Ich kam in Deinem Leben kaum vor, außer als Mutter Deiner Kinder und in anderen Kümmerfunktionen.

Das Foto von Dir und Deiner Freundin habe ich Dir ja schon zukommen lassen. Ich habe die Veränderungen bei Dir gespürt. Du warst so heiter und positiv, dass ich misstrauisch wurde. Euch zu entdecken war ganz einfach; ihr habt Euch wenig Mühe gegeben, Eure Liebe zu verbergen. Ich wäre auch gern so glücklich mit Dir gewesen. Du hast es nie für nötig gehalten, mit mir darüber zu sprechen. Dabei hätte es eine Chance für uns sein können.

Ich war Dir gegenüber auch nicht immer liebenswürdig. Aber ich habe unzählige Versuche unternommen, mit Dir zu reden. Genauso gut hätte ich versuchen können, einem Stein das Fliegen beizubringen.

Über andere Themen hast Du gern gesprochen: Deine Erfolge im Beruf, Deine Ideen zur Politik. Besonders über die Lage der Flüchtlinge hast Du Dich ausgelassen. Während ich einige Zeit jede Woche mit einem Flüchtling Deutsch übte, hast Du Dich über die gesamtpolitische Lage aufgeregt. Du hast ein-, zweimal gespendet, aber dann fehlte Dir bei der ganzen Angelegenheit das Konzept. In dieser Hinsicht bin ich Deiner Meinung. Vielleicht wäre es trotzdem hilfreicher gewesen, bei der Integration zu helfen, als die ganzen Apfelsorten auswendig zu lernen?

Dein Wissen hast Du gern vor mir ausgeschüttet. Meine Ansichten dazu interessierten dich weniger. Vielmehr wolltest du eine dankbare Zuhörerin, die abnickt, was du sagst. Natürlich würdest du das abstreiten, aber ich habe bei jedem Einwand harsche Kritik geerntet. In den letzten Jahren bin ich immer mehr verstummt und habe bei Deinen Ausführungen oft an etwas ganz anderes gedacht. Ich will aber nicht an etwas anderes denken, wenn mir der Mann, mit dem ich zusammenlebe, etwas erzählt. Ich möchte mich interessieren und austauschen.

Irgendwann habe ich aufgegeben. Meine Reise nach innen begann, die gleichzeitig eine Reise fort von Dir war. Dafür bin ich Dir im Grunde dankbar, denn wenn es die

Entfernung zwischen uns nicht gegeben hätte, dann hätte ich vielleicht den Weg zu meinen eigenen Themen und Zielen nicht entdeckt. Ich begann zu malen und war selbst erstaunt, wie leicht es mir fiel.

Ich unterbreche mein Schreiben. Ich habe meine Malsachen nicht mitgenommen! Vierzehn Tage Zeit und ich werde nicht malen können. Aber warum sollte ich malen, wenn ich herausfinden möchte, ob wir noch eine Chance haben oder nicht.

Das Handy surrt. Eine Nachricht von Nicolas: Janina, wir fliegen morgen nach Portugal. Bitte komme mit! Oder sag mir wenigstens, wo du bist. Fast hätte ich Karl überfahren, weil Finn ihn wieder geärgert hat. Ich habe Finn zur Strafe in sein Bett geschickt, aber er sieht nicht ein, dass er einen Fehler gemacht hat. Du fehlst. Bitte melde dich.

Es tut mir weh, seine Worte zu lesen. Aber ich werde jetzt nicht schwach werden. Die neue Umgebung gibt mir Kraft. Als hätte ich mit dieser kleinen Wohnung ein neues Ich übergestreift. Die Probleme mit Finn und Karl werden nun vierzehn Tage lang in seiner Verantwortung liegen. Ich brauche Zeit, um eine Entscheidung zu treffen. Aber warum hat Nicolas Karl fast überfahren? Ich wüsste es gern. Hätte ich das verhindern können, wenn ich zu Hause geblieben wäre? Oder ist das jetzt so eine Art List, um mich umzustimmen? Ich werde hierbleiben und weiterschreiben. Wo war ich stehen geblieben? Es ging um meine Themen ...

In meiner ersten Ausstellung habe ich auf Anhieb mehrere Bilder verkauft, damals noch für zweistellige Summen. Inzwischen sind meine Bilder mehr wert. Aber mir geht es nicht nur um den finanziellen Erfolg. Ich bin glücklich, wenn das Bild sich dem nähert, was ich ausdrücken will. Ich lasse meine beruflichen Erfahrungen einfließen, versetze Szenen aus dem Krankenhaus in die Natur. Operationsszenen spielen sich auf einer Blumenwiese ab. Auf den Fluren vorbeieilende Ärzte und Schwestern finden sich vor Waldtieren und Baumstämmen wieder. Es geht mir um die Verletzbarkeit des Menschen und um seine Verbundenheit mit der Natur. Beides vergessen wir leicht.

Ich schreibe Dir das alles, weil Du mir leider nie zugehört hast, wenn ich mit Dir über meine Bilder sprechen wollte. Dich interessierte ausschließlich der praktische Nutzen. Du hast eine Marktlücke gefunden, sagtest Du. Die Ärzte reißen uns die Bilder aus der Hand. Aber es war kein wirtschaftliches Interesse von mir zu malen, sondern mein Wunsch nach Ausdruck. Jetzt ginge es mir bestimmt besser, meintest Du. Als wäre ich krank gewesen.

Ich habe Fragen vermisst, die mich betreffen. Dein »Wie geht es Dir?« war nur eine Floskel, die den Übergang zu Dich betreffenden Themen einleitete. Wie mir zumute war, interessierte dich nur, wenn es mir gut ging. Aber es ging mir zunehmend schlechter.

Bei der Arbeit unterliefen mir Fehler, die ich vorher nie gemacht hätte. Eines Tages zog ich zuerst die sterile Kleidung für die Operation an und erst danach setzte ich die OP-Haube auf. Dabei kann ich beim Überziehen des Hemdes den Stoff mit meinen Haaren kontaminieren. Haar- oder Hautpartikel können am Stoff hängen bleiben und später in die Wunde fallen, im schlimmsten Fall kann jemand daran sterben. Das war mir noch nie passiert. Ich hatte über uns nachgedacht. Der Stress im Operationssaal setzte mir auch mehr und mehr zu. Ich habe immer für zwei arbeiten können, aber in diesem abwesenden Zustand konnte ich den üblichen Personalengpass nicht mehr auffangen.

Nur wenn ich malte, fühlte ich mich präsent. Das Malen wurde zur Wirklichkeit, während mein Leben sich zunehmend irreal anfühlte. Meine Energie schwand wie der Strom eines Gebirgsbaches im Sommer, es blieb nur ein schmales Rinnsal übrig. Ich tat alles, was ich tun musste, aber ich war leer. Wenn ich Fotos von mir aus früheren

Zeiten betrachtete, war mir diese strahlende Person fremd. Mein Humor verließ mich, mein Körper krümmte sich unter einer unsichtbaren Last, sodass letztlich auch meine Anziehungskraft schwand.

Stimmt das? Ich gehe ins Badezimmer und betrachte mich im Spiegel. Nicolas hat meine üppige Figur immer gut gefallen, ich sah keine Veranlassung, auf mein Gewicht zu achten. Meine Augen sehen müde aus. Ich richte mich auf, damit die Krümmung aus meinem Körper verschwindet. Lächle mir aufmunternd zu. Ich sehe gut aus, wenn ich lächle. Aber wie konnte es soweit kommen, dass ich es kaum noch tat?

Ich beschließe, mich schlafen zu legen und finde Bettwäsche mit blauem Paisley-Muster oder verspielten Rosenranken, keine nüchtern grau-weiß gestreifte wie bei uns. Nicolas findet Blümchen grauenvoll. Ich habe mich angepasst. Es erschien mir nicht so wichtig. Ich schlafe tief und fest in den Ranken.

2. Tag

Heute bin ich mit dem Gedanken aufgewacht, jahrelang keine Pause gemacht zu haben, ein Kraftwerk, welches nie ausfallen darf. Ich könnte jetzt liegen bleiben, aber ich setze mich an den Schreibtisch:

Der ganze Prozess ging zunächst schleichend voran. Voller Begeisterung hatte damals unser Zusammensein angefangen. Wir wünschten uns viele Kinder. Wir waren sicher, dass wir ein Leben lang zusammenbleiben würden. Aber nachdem Finn geboren war, änderte sich vieles: Er schrie monatelang, als wollte er uns zeigen, was für ein furchtbarer Fehler es war, ihm diese Welt zuzumuten. Wir zweifelten an uns. Wir fühlten uns beide wie fleißige Arbeiter, deren Lohn nicht eintraf, die aber gezwungen waren, immer weiterzuarbeiten. Es war zermürbend.

Finn war nicht so, wie wir uns ein Baby vorgestellt hatten. Er lehnte Nähe ab, lachte nicht mit uns und gab uns nicht das Gefühl, gute Eltern zu sein. Du hattest immer häufiger Gründe, ihn nicht auf den Arm zu nehmen. Mit der Zeit wurde Finn zu meiner Aufgabe. Ich liebte ihn und manchmal versuchte ich auch nur, ihn zu lieben. Aber ich fühlte mich alleingelassen mit diesen Gefühlen aus Selbstvorwürfen, Zuneigung und Wut. Ich versagte offensichtlich als Mutter.

Wie nah mir das alles ging, wollte ich nicht wahrhaben. Außerdem konnte ich mir nicht eingestehen, dass Du mich im Stich gelassen hast. Ich habe Dich entschuldigt oder habe meine Gefühle ignoriert. Ich dachte nicht daran, aufzugeben oder mich zu trennen. Eher habe ich mich noch mehr angestrengt, alles richtig zu machen.

Mein Blick fällt durch das Fenster auf den trüben Herbsthimmel. Die Wolken bilden heute eine feste Wolkendecke und lassen keinen Sonnenstrahl hindurch.

Jetzt geht der Flug, denke ich. Portugal ist ein Land, das mich berührt: der eindrucksvolle Norden mit dem geschäftigen Porto, etwas weiter südlich das alte, verträumte Coimbra, eine Stadt, die zu summen scheint. Im Süden die Buchten der Algarve mit ihrem grobkörnigen Muscheltrümmersand. Obwohl ich kein Wort verstehe, mag ich die weichen Laute der portugiesischen Sprache. Sie klingt, als wolle man eine Katze herbeilocken.

Nicolas hat mir noch weitere Nachrichten geschickt. Jede endet mit der Bitte an mich mitzureisen. In der letzten Nachricht steht, dass er sich wenigstens gern von mir verabschieden würde. Ob Nicolas verstehen wird, warum ich nicht kommen kann?

Ich beschließe frühstücken zu gehen. Gleich um die Ecke finde ich ein kleines Bistro. Es gibt Milchcafé und ein Croissant. Ich kann hier auch zu Mittag essen, das passt mir. Von der Wohnung möchte ich mich so wenig wie möglich entfernen, sie kommt mir wie ein Schutzanzug vor. In dem Bistro ist alles rot: Stühle, Tresen und sogar das kurze Kleid der Bedienung ist rot. Ich heiße Tilda, sagt sie. Sie sieht aus wie *Fräulein Ellen im Gras* von Gabriele Münter. Für das Bild hat die Malerin von den Nazis ein Ausstellungsverbot bekommen. Meine Bilder wären damals ebenfalls verboten worden, zu detailliert die Organe, zu greifbar das Leiden. Zu unvollkommen, assoziiert der Betrachter, ist der ganze Gesundheitsapparat. Heute braucht man keinen Mut mehr, provokativ oder verfremdend zu malen. Eher noch braucht man Mut, konventionell zu malen. Ich bin keine Heldin. Nicht beim Malen, am ehesten vielleicht noch bei der Arbeit, überhaupt nicht als Mutter.

Am Nachmittag sitze ich wieder am Computer:

Ich wollte den Schlüssel zu Finn's Verhalten finden. Deinen Rückzug als Vater akzeptierte ich. Ich wollte Dich nicht verlieren. Heute denke ich, zu diesem Zeitpunkt hätte ich mich Dir gegenüber klarer verhalten müssen. Dir deutlicher signalisieren, dass ich nicht in der Lage bin, so weiterzumachen.

Stattdessen wurde ich zunehmend ratloser. Ich hatte den Eindruck, ein Leben mit einem Störgeräusch zu führen, und ich begann, mich damit abzufinden. Aber es war keine stimmige Akzeptanz, es war das Gefühl einer verlorenen Partie. Zaghaft erzählte ich Dir davon. Du hast mich damals beschwichtigt, ich sei eine gute Mutter. Dabei fand ich mich unfähig. Ich wollte nicht schlecht über unseren Jungen denken. Ich liebte Finn, aber ich schaffte es einfach nicht, allein mit ihm klarzukommen.

Als ich mit Karl schwanger wurde, hatte ich Angst, dass er Finn gleichen würde. Du sagtest, dass es in Deiner Familie bisher kein Kind wie Finn gegeben hätte. In meiner Familie sei das schon eher der Fall gewesen. Das zweite Kind käme sicher nach deiner Familie. Vielleicht war es als Trost gemeint, aber ich habe nur den Vorwurf gehört.

Als Karl auf die Welt kam, gab es eine Pause in dieser Abwärtsspirale. Karl lachte schon nach wenigen Wochen so herzlich, als wollte er uns bestätigen, dass wir fähige Eltern sind. Du nahmst dir mehr Zeit für uns und auch Finn wurde zugänglicher. Er sprach inzwischen. Wir waren beide stolz auf seine perfekten Sätze, die er viel früher als andere Kinder formulierte. Manchmal suchte er sogar unsere Nähe. Seinen Bruder fand er interessant und beobachtete ihn. Finn kam mir damals wie ein Wissenschaftler vor, der seine Studien betreibt. Langsam begannen wir zu begreifen, dass es nicht nur an uns lag, dass Finn anders war als andere. Ich konnte mir wieder vorstellen, noch mehr Kinder zu bekommen. Aber du wolltest keine weiteren Kinder mehr und ich gab Dir zuliebe meinen Traum von der großen Familie auf.

6. Tag

Im Nachhinein betrachtet kommt mir mein Leben mit Nicolas und den Kindern so vor, als hätte es nie Pausen gegeben. Vielleicht wollte ich in den vergangenen drei Tagen ein paar davon nachholen: ich habe noch nie so viel geschlafen wie in den letzten drei Tagen. Ich hatte die Absicht aufzustehen, nachzudenken, weiterzuschreiben – aber in meinem Kopf gab es nur noch Müdigkeit. Nicht einmal Hunger hatte ich. Außer Wasser aus der Leitung habe ich nichts zu mir genommen.

Es klingelt. Eigentlich will ich nicht öffnen, aber irgendein Automatismus bewegt mich zur Tür. Eine Paketbotin steht davor, sie möchte ein Päckchen für den Nachbarn abgeben. Ich glaube, sie versteht sofort, wie ich mich fühle. Geht es um einen Mann?, fragt sie. Um Mann und Kinder, antworte ich. Ich lade sie auf ein Glas Wasser ein. Mehr kann ich ihr nicht anbieten. Sie bleibt nicht lange. Aber sie gibt mir das Gefühl, dass ich nicht allein bin.

Sie meint, dass sie erst den Mut hatte, einen Ausweg zu suchen, als es überhaupt keine Alternative mehr gab. Ihr Sohn hatte in der Schule randaliert und mit der Spraydose einen überdimensionierten Penis auf den Schulhof gesprayt, nachdem der Streit zwischen ihr und ihrem Mann eskaliert war. Vielleicht bestünde bei mir noch Hoffnung.

Hoffnung ist ein gutes Stichwort, denke ich, und schreibe weiter:

Dann kam die Zeit, in der wir das Haus umbauten. Es war eine gute Zeit zwischen uns. Wir hatten ähnliche Vorstellungen und wir waren gleichberechtigt: Ich kann gut mit Werkzeugen umgehen. Außerdem besitze ich ein gutes Gefühl für Räume und ihr Potential. Es war unsere gemeinsame Idee, den Blick über die Wiese durch die großen Fenster zu öffnen. Wir planten den Kamin und sahen uns gemeinsam vor dem Feuer sitzen und alt werden. Die Kinder haben wir in dieser Zeit abwechselnd betreut. Ich habe nie verstanden, warum Du mir später das Gefühl gegeben hast, dass die Renovierung des Hauses Dein alleiniges Werk gewesen wäre.

Ich muss unbedingt etwas essen. Und dringend duschen. Mit dem Wasser fließt ein Teil der klebrigen, traurigen Müdigkeit fort. Das war schon immer so bei mir und funktioniert auch bei den Kindern. Wasser harmonisiert. Vielleicht sollte ich jeden Tag irgendwo schwimmen, damit ich den ganzen Seelenschmutz loswerde. Ich beschließe zunächst ins kleine Bistro zu gehen. Tilda, die Pächterin, serviert einen köstlichen asiatischen Gemüsestrudel mit Joghurt-Minzsauce. Ich schaffe nur die halbe Portion, mein Magen ist nicht mehr an Essen gewohnt. Dann erzähle ich Tilda von meinem langen Schlaf und der Wirkung von Wasser. Wie Dornröschen, lacht sie, und auch noch in Rosenrankenbettwäsche. Hoffentlich kommt kein Prinz, sage ich. Wir lächeln uns zu. Im Hotel Vier Jahreszeiten, die Straße hoch, kannst du für ein paar Euros den großen Pool benutzen, verrät sie mir.

7. Tag

Nach der Renovierungsphase wurde der Abstand zwischen uns größer als je zuvor. Es war, als wäre im Frühling der Winter zurückgekehrt. Du warst länger als sonst bei der Arbeit. Du wolltest vorankommen. Ich hätte gern noch eine Ausbildung als Assistentin bei Herzoperationen begonnen, aber Du meintest, das wäre zu viel. Später gäbe es sicherlich auch noch Möglichkeiten. Du schienst die besseren Argumente zu haben. Dein Einkommen würde im Verhältnis stärker anwachsen als meines.

Zum Hochzeitstag überreichtest Du mir damals Tickets zum 24-Stunden-Rennen von Le Mans. Das war fast schon grotesk. Ich interessiere mich nicht für Autorennen; du dagegen schon. Ich habe nichts dazu gesagt, wir sprachen sowieso kaum noch in dieser Zeit. Als wir auch nicht mehr zusammen schliefen, begann ich Verdacht zu hegen. Trotzdem war ich geschockt, als die Fotos vor mir lagen. Das war die Zeit, in der ich mit den Kindern für zwei Wochen auf die Nordseeinsel gefahren war. Der Wind dort hatte durch meine Gedanken gepustet und meinen Kopf frei gemacht. Danach war ich ruhiger und hoffte, Du würdest alles von selbst ansprechen, was aber nie geschah. Du musst das Verhältnis irgendwann beendet haben, denn Du suchtest wieder meine Nähe.

8. Tag

Ich gehe schon zum zweiten Mal schwimmen. Von Nicolas treffen ständig Katastrophenmeldungen ein:

Karl und Finn streiten die ganze Zeit. Wie beruhige ich sie?

Finn hat die von Karl selbstgebauten Staudämme am Strand zerstört und lauthals gelacht. Karl hat ihm vor Wut die Eisenschaufel vor das Schienbein geschlagen. Wir haben den Nachmittag in der Ambulanz verbracht.

Finn schläft nicht. Was kann ich machen? Er ist nachts mindestens viermal wach und steht schon um fünf Uhr auf.

Nicolas weiß doch, was Finn braucht: einen regelmäßigen Tagesablauf; nachts eine schwere Decke, in der er sich spüren kann; klare Ansagen und Vereinbarungen. Schaukeln. Vorab besprochene Pläne für den Notfall. Die Situation verlassen oder einen halbwegs sicheren Ort schaffen. Einmal wollte ich Wanderschuhe kaufen; aber Finn war mit der Situation überfordert und entwickelte im Kaufhaus alle Anzeichen für einen seiner Wutanfälle: er nestelte permanent an seinem T-Shirt, deklamierte lautstark einen Text über Hausschweine. Wir retteten uns in ein Wurfzelt der Outdoor-Abteilung und verbargen uns vor der Welt der vielen Reize, das half.

Ich stelle das Handy aus.

9. Tag

Deine Apfelbäume haben mich viel Kraft gekostet, weil Du so oft zu den Versammlungen und Fortbildungen der Streuobstwiesenbesitzer gegangen bist. Pflege von Streuobstwiesen, die Geschichte der Apfelbäume über die Jahrhunderte, Brandrechte erwerben ..., fast jedes Wochenende gab es andere Termine. Dazu kamen die Veranstaltungen der Naturschutzorganisation. Ich war mit den Kindern allein. Einerseits konnte ich Dich gut verstehen, denn Du wolltest doch immer Landwirt werden. Warum hast Du Deinen Job nicht gekündigt? Ich hätte mir das gut vorstellen können, aber davon wolltest Du nichts wissen. Es ist nur so ein Traum, hast Du immer wieder gesagt.

Wir hätten auf manches verzichten können: Die italienischen Stühle und unser Kastanienholztisch haben ein Ver-

mögen gekostet. Ich brauche so etwas nicht. Lieber wäre ich gemeinsam mit Dir gereist. Oder Du hättest Deinen Traum erfüllen, Land pachten und bewirtschaften können. Ich bin sehr lange nicht darauf gekommen, dass ich auch etwas besitzen kann. Meine Malutensilien waren die ersten Gegenstände, die ich bewusst für mich gekauft habe.

10. Tag

Gestern habe ich das Päckchen abgegeben. Der Nachbar war auch ein paar Tage verreist, deshalb habe ich ihn nicht früher angetroffen. Ich wandere gern allein durch die Wälder, sagte er. Ob ich Lust hätte, ein Glas Wein mit ihm zu trinken? Wir haben lange geredet. Und viel gelacht. Er ist jünger als ich, aber er wirkt reifer, besonnener, als sein Alter vermuten lässt. Ich habe ihm auf meinem Handy Fotografien von meinen gemalten Bildern gezeigt. Er meinte, dass ihn das verstören würde, die Natur, nach der er sich so sehne, und dann diese alarmierenden Krankenhausszenen. Was bedeutet das für dich?, fragte er mich.

11. Tag

Obwohl es gestern Abend spät wurde, sitze ich bereits am Schreibtisch. Es wird Zeit. Die Tage verrinnen und ich bin noch zu keinem Schluss gekommen. Oder? Ich erkenne Umrisse meiner zukünftigen Entscheidung, aber noch nicht das vollständige Bild. Ich klappe das Laptop auf:

Du bist nicht allein schuld. Ich bin genauso an unserer Entwicklung beteiligt, denn ich habe vieles zugelassen. Als ich eine Ehetherapie vorschlug, hast Du gelacht: Wieso sollten wir Wildfremde mit unseren kleinen Differenzen belästigen? Vielleicht habe ich in dieser Hinsicht zu früh aufgeben. Aber sollte ich Dich entgegen Deiner Überzeugung dahin schleifen? Um an unserer Situation etwas zu verändern, besuchte ich ein Selbsterfahrungsseminar. Dort lernte ich einige Frauen kennen, denen es meist ähnlich wie mir ging. Wenn es so viele betraf, handelte es sich vielleicht um eine normale Frustrationsphase in der Ehe. Lamentierte ich auf hohem Niveau? Die Leiterin schlug vor, nicht gleich alles in meinem Leben zu verändern. Sie versuchte, meine Ressourcen zu aktivieren, und das war eindeutig das Malen. Nach diesem Seminar malte ich wie besessen in jeder freien Sekunde. Die Erfolge erfüllten mich mit Selbstvertrauen, aber sie lösten meine Probleme in der Familie nicht.

12. Tag

Ich gehe jetzt regelmäßig morgens zum Schwimmen. Leon, der Nachbar und ich verabreden uns anschließend zum Mittagessen bei Tilda. Sie kocht ausgezeichnet. Leon arbeitet für die Zeitung. Er ist weder fest angestellt, noch hat er besonders viele Aufträge. Aber er hat viel Zeit. Nachdem die Mittagsgäste gegangen sind, sitzen wir drei noch zusammen und reden. Das warme Licht der Herbstsonne schmunzelt durch die großen Scheiben des Bistros. Leon zupft etwas auf seiner Ukulele, es klingt nicht mal besonders gut, aber es reicht, um mitzusummen. Ich fühle mich so wohl, wie lange nicht in meinem Leben.

13. Tag

Ich möchte mehr Tage wie den gestrigen erleben. Ich genieße die Gemeinschaft, das lebendige Gespräch. Ich bin zu einer Entscheidung gekommen, sie war heute Morgen einfach da. Nicolas wird es schwerfallen, sie zu akzeptieren. Meine Entscheidung ist weitgreifender ausgefallen, als ich zunächst vermutet habe. Ich werde versuchen, ihm meine Gründe zu erklären:

Die Kinder liebe ich, auch wenn ich sie verlasse. Ab jetzt bin ich eine Rabenmutter. Aber eigentlich denke ich, dass ich einfach den üblicherweise Vätern zugedachten Part übernehmen werde. Ich werde weiter gern Zeit mit ihnen verbringen, aber sie werden nicht mehr mein Lebensmittelpunkt sein. Wer ist überhaupt auf die Idee gekommen, dass Frauen immer für ihre Kinder da sein müssen? Vielleicht wäre es anders, wenn Finn nicht so schwierig wäre. Er kann nichts dafür, aber ich bin mit ihm an meine Grenzen gestoßen.

Um Karl hast Du Dich deutlich lieber gekümmert, weil er Dir das Gefühl geben konnte, ein erfolgreicher Vater zu sein. Es war unausgesprochen zwischen uns, aber die Kinder wurden aufgeteilt, Karl war Dein Kind und Finn war meines, das Problemkind.

Finn lebt in seiner Welt und kann sich nicht aus ihr lösen. Er vermag sich nicht vorzustellen, wie es uns geht. Oft rächt er sich um ein Vielfaches. Als Karl einmal von seinen Süßigkeiten gegessen hatte, verwüstete Finn sein ganzes Zimmer mitsamt Karls geliebtem Zorroumhang. Ich glaube, er versteht nicht, warum das nicht richtig ist.

Alles nimmt er wörtlich. Ich sagte einmal zu ihm: Ich will nicht nach Deiner Pfeife tanzen! Da meinte er in seinem üblichen Befehlston, dass er weder eine Pfeife habe und mich auch nicht zum Tanzen bringen wolle, sondern dass ich ihn unverzüglich in die Bücherei fahren müsse.

Auch sein Humor ist anders. Er lacht über Dinge, die niemand sonst witzig findet. Sogar über seine Zahnschmerzen hat er sich schiefgelacht.

Manchmal ist Finn merkwürdig. Weil er fasziniert von Straßenbeleuchtungen ist und sich schwer von ihnen trennen kann, verbrachte ich Stunden mit ihm neben Laternen.

Es tut mir leid, dass ich ihn nicht besser begreifen kann. Die Diagnose hat nicht viel daran geändert: Ich habe nun

eine Erklärung, aber Finns Verhalten fühlt sich genauso fremd an wie vorher. Ich kann das nicht mehr. Allein schon gar nicht.
Du hast die Diagnose nicht akzeptiert. Wieder so ein überflüssiges Schubladendenken, hast Du gesagt, heute ist doch jeder autistisch. Finn ist eben Finn. Dann hast Du mich mit Finn allein gelassen. Jetzt möchte ich den Spieß umdrehen: Ich möchte Dir das Kind von heute an hauptverantwortlich überlassen, ich habe es jahrelang versucht, mich nicht von ihm tyrannisieren zu lassen – es ist mir nicht gelungen. Trotzdem werde ich ihn oft schmerzlich vermissen und mich schämen, aber diesen Preis werde ich zahlen.

14. Tag

In den letzten Tagen ist der Anfang einer neuen Wirklichkeit entstanden. Das wird mir auch woanders und mit anderen Menschen gelingen.

Tilda und Leon, die kleine Wohnung, das Schwimmen, das Schreiben. Ich habe keine Angst mehr vor einem Neuanfang. Wenn man zu sehr an etwas festhält, wird man unbeweglich.

Von Zeit zu Zeit, besonders auf Reisen, denke ich an die vielen Menschen, deren Lebensgeschichte ich nur streife. Der Kellner, die nette Verkäuferin, Kinder, die spielen. Oder Menschen und deren Geschichten, die ich lediglich hinter den Häuserfassaden vermute, an denen ich vorbeifahre. Jedes Mal finde ich es genauso überwältigend wie tröstlich, dass diese Leben alle gleichzeitig gelebt werden, überall auf der Welt. Wege kreuzen sich flüchtig, wir vernetzen uns und tragen diese Verbindungen weiter in uns. Menschen leben, sterben, während ich beispielsweise meine Mail an Nicolas geschrieben habe. Und irgendwann sterbe ich, während jemand anders eine lange Mail schreibt oder sich entschließt, den Mann und die Kinder zu verlassen. Oder etwas ganz anderes. Diese Gedanken relativieren wohltuend die eigene Bedeutsamkeit.

Letztlich ist alles miteinander verbunden. Auch wenn ich die meisten Menschen vielleicht nicht wiedersehen werde, bleiben sie mir in meinem Leben erhalten. Manche vielleicht nur als Anteil einer emotionalen Regung, das stark verblasste Bruchstück einer Erinnerung, ein winziger Beitrag zu einer intuitiven Erkenntnis. Mit Nicolas, Finn und Karl habe ich eine tiefe Verbindung.

Eine andere Frau wird vielleicht meine Kinder erziehen. Sie wird es auf ihre Art machen. Gleichzeitig habe ich meine Spuren hinterlassen. Die andere Frau wird Nicolas lieben und seine Äpfel verarbeiten, mit ihm am Kamin sitzen. Meine Liebe für ihn wird trotzdem da gewesen sein. Sie verschwindet nicht, es bildet sich nur ein neues Gefüge.

Es wäre schön, wenn ich mit Nicolas diese Gedankengänge irgendwann teilen könnte. Aber nun möchte ich meine Mail an ihn erstmal beenden:

Karl loszulassen kostet mich ebenfalls große Überwindung. Aber ich kann Finn und Karl nicht auseinanderreißen. Außerdem hängt Karl rührend an Dir.

Ob wir das Haus verkaufen, wie Du das mit den Kindern machst – ich lasse Dir völlig freie Hand. Es geht mir nicht ums Geld und ich möchte auf jeden Fall die erniedrigenden Streitereien ums Finanzielle vermeiden. Natürlich ist es schade um das Anwesen. Vielleicht hätten wir es dabei belassen sollen: nur wir zwei und das schöne Haus. Aber wahrscheinlich hätten wir unsere Beziehungsprobleme auch unabhängig von den Kindern bekommen.

Mütter trennen sich eigentlich nicht von ihren Kindern. Schon gar nicht von einem schwierigen, auffälligen Kind. Aber ich mache nur das, was Du die ganze Zeit selbstverständlich für Dich in Anspruch genommen hast. Ob Du Dir vorstellen kannst, wie schwierig die ganze Situation für mich geworden ist, dass ich einen solchen Schritt gehe?

Ich werde nicht wieder zu Dir zurückkehren. Natürlich möchte ich Besuchszeiten verabreden, um weiterhin Finn und Karl zu sehen. Wir werden Lösungen finden.
Einen anderen Mann gibt es nicht in meinem Leben.
Ich werde mich nach Eurer Rückreise melden und alles Organisatorische mit Dir besprechen.
Janina

Ich werde Nicolas heute diese Mail schicken. Gegen Abend wird er mit den Kindern zurückkehren.

Ich stelle erstmals wieder das Handy an.

Es sind überraschend wenig Nachrichten eingetroffen. Von Nicolas ist nur eine Mail angekommen:

Liebe Janina,
ich habe verstanden. Leider dauert es manchmal etwas bei mir. Ich vermisse Dich. Der Urlaub war schrecklich.
Ich fürchte, dass es für uns zu spät sein könnte. Kannst Du mir eine Chance geben?
Ich habe Angst vor dem Reden, denn ich denke, es führt zur Trennung, wenn man die Dinge beim Namen nennt. Dabei habe ich gerade durch mein Nichtreden jetzt vielleicht die Trennung bewirkt. Vielleicht kann ich darin besser werden? Aber das schaffe ich nicht allein.
Du weißt, wie schwer es mir fällt, Hilfe anzunehmen. Das liegt an meiner Herkunft. Weder mein Vater noch mein Großvater konnten das gut. Aber ich bin entschlossen, es zu versuchen, wenn Du mich noch willst. Lass uns gemeinsam überlegen, wer uns helfen kann.
Dass Du die Affäre mitbekommen hast, tut mir leid. Es muss Dich sehr gekränkt haben und im Nachhinein betrachtet, habe ich eine Chance vertan, sie als Ausdruck unserer Probleme zu sehen. Meinst Du, wir können dafür Lösungen finden?
In den letzten Jahren hast Du oft versucht mitzuteilen, wie es Dir geht. Ich muss gestehen, dass ich wenig Interesse gezeigt habe. Den Kopf voller beruflicher und privater

Pläne habe ich wenig auf Dich geachtet. Ich war ständig mit mir beschäftigt.

Manchmal wurde mir die Rolle als Hauptverdiener zu viel, aber das habe ich mir selbst kaum eingestanden und in den wenigen Momenten, in denen ich es zuließ, habe ich mich nicht getraut, mit Dir darüber zu sprechen. Ich hätte es Dir sagen sollen. Wir hätten zusammen überlegen können, wie wir damit umgehen.

Wahrscheinlich ist es nicht klug, Dir an dieser Stelle auch Dinge zu sagen, die mir an Dir nicht gefallen haben, aber es ist der Mut der Verzweiflung, der mich so ehrlich werden lässt.

Was die Kinder betrifft, hatte ich den Eindruck, es Dir nicht recht machen zu können, besonders, was Finn angeht. Du wusstest schneller, effektiver und kompetenter mit ihm umzugehen, da habe ich mich zurückgezogen. Du bist in dem Auftrag als Mutter eines schwierigen Kindes aufgegangen; ich fand immer, dass Finn eine insgesamt zu große Beachtung darin erfährt. Autistisch hin oder her, ich wäre auch gern annähernd so wichtig für Dich gewesen.

Aus dieser Lage heraus habe ich Dir Finn schließlich überlassen. Letztlich war es mir auch ganz recht. Für unser Leben mit einem autistischen Kind hatte ich kein Skript und leider habe ich bisher noch keinen Weg gefunden, es zusammen mit Dir zu erfinden.

Als wir uns kennenlernten, hattest Du so ein kleines, leichtes Lachen. Es ist irgendwie verschwunden. Ich vermisse das kleine Lachen sehr.

Leider hast Du Dich immer weniger für mich als Mann interessiert. Du hast ein wunderschönes Gesicht, aber Dein zunehmendes Gewicht hast Du in unförmigen Arbeitskitteln versteckt. Vielleicht sogar vor Dir selbst. Ich könnte mir allerdings gut vorstellen, dass es zum Teil auch der Ärger und die Enttäuschung über mich waren, dass Du immer mehr essen musstest.

Ich habe übrigens heimlich geraucht.

Wir waren insgesamt dreimal in der Ambulanz von Lagos, Finn hat bei seinen Ausrastern zweimal Karl verletzt und einmal sich selbst – es waren keine schlimmen Wunden, aber mir hat es gereicht. Ich habe dort eine sehr nette deutsche Ärztin kennengelernt. Nein, keine weitere Affäre, aber ich war so unglücklich, dass ich ihr alles erzählt habe. Sie meinte, dass ich nur eine Chance hätte, wenn ich ehrlich wäre. Ich hoffe, sie hat recht, denn ich wünsche mir nichts sehnlicher, als mit Dir zusammen alt zu werden. Aber vorher müssten wir wohl noch ein paar Dinge in unserem Leben ändern.

Gestern habe ich übrigens meine Kündigung formuliert, aber ich habe sie noch nicht abgeschickt. Ich möchte zunächst abwarten, was Du dazu sagst. Ich würde gern versuchen, als Landwirt zu arbeiten. Aber nur, wenn Du einverstanden bist. Es würde nicht mehr so großzügig bei uns zugehen, wie in den letzten Jahren, aber wir würden zusammen sein. Zu Hause könnte ich Karl und Finn öfter als jetzt betreuen. Wer weiß, vielleicht hätte Finn in der Landwirtschaft auch eine berufliche Perspektive? Du könntest Deine Weiterbildung besuchen und Deine Bilder malen. Und mir vielleicht mal in Ruhe erklären, warum Du sie malst. Falls Du das noch willst.

Bitte gib mir eine Chance.
In Liebe
Nicolas

Ich öffne meine Mail an Nicolas. Ich nehme aus diesen letzten Tagen die Überzeugung mit, gehen zu können. Mein Koffer ist gepackt. Aber eine Chance haben wir verdient. Dann drücke ich die Löschtaste.

KLEINER MOMENT

Listenleben abarbeiten
Treibt Dich

Ein kleiner Moment
Hält Dich

Raureife Hagebutten
Jasminblühende Wintersonne
Wärmt Dich

LEUCHTEN

Verstaubt
Verfilzt
Verfettet
Vergessen

Du hast
Mein Herz
In die Hand genommen
Es behalten

Seitdem
Leuchte ich

Der Baum

Ich trage die Ringe der Zeit und des Lichts. Mein Schatten ergibt sich der Sonne und formt ein dunkles Muster auf den weichen Waldboden. Mit meinen winddurchfluteten Armen lehne ich mich an die Wolken und berühre Nacht für Nacht das Firmament, während es sich über mir behaglich ausdehnt.

In mir verfängt sich immer noch die Leichtigkeit der Jugend, aber das Alter trägt mich. In meiner Kindheit war ich leicht zu übersehen, flüchtig wuchs mein dünnes Geäst, während meine filigranen Wurzelfasern den Grund betasteten. Inzwischen rage ich breit und mächtig empor, immun gegen kleine Widrigkeiten wie lästigen Insektenbefall, schreiende, silbrig glänzende Käfer und schnabelwetzendes Buntgefieder. Ich ankere mit dem mächtigen Wurzelwerk in der Tiefe. Die Tyrannen Dürre und Kälte beeindrucken mich längst nicht mehr.

Heute, mit meiner krustigen, schuppigen Haut, meinen Furchen und meiner alten Schönheit kann ich Angriffen gegenüber gelassen bleiben.

Beharrlich verbinde ich mich mit den Wesen um mich herum. Wenn Menschen mir eine Chance geben, auch mit ihnen. Um meine leise Botschaft zu verstehen, erfordert es etwas Hingabe.

Wie lange ich in der Welt bleiben werde? Ob mich ein hungriges Feuer frisst oder ein gewaltiger Sturm fällt? Vielleicht diene ich irgendwann als Balken eines Hauses. Irgendeinen Übergang in einen anderen Zustand wird es geben. Sterben werde ich nie, das ist nur ein Wechsel der Materie.

Lehne dich ruhig an mich, ich bin für dich da.

Möchtest du meiner Melodie lauschen? Zufrieden rascheln die Blätter in festlichem D-Dur, mein Holz knarrt im tiefen B-Moll. Die Rinde sendet lange, warme Basstöne, die nicht laut, aber spürbar sind. In sanften Rhythmen schlagen die Äste aneinander, der Wind spielt seinen eigentümlichen Klang darin. Jeder hört mein Lied anders.

Am Morgen beginne ich mit einer großen Fröhlichkeit den Tag, der Abend fällt in weicher Trauer über mich, die Nacht bereitet mir größtes Wohlbehagen: In meinen Träumen versammeln sich die Geschöpfe der Welt, sie wandeln sich und verlassen mich wieder. Falken werden zu Kaninchen und Gräser zu Blumen, Steine lösen sich zu Hirngespinsten auf.

Suche ruhig meine Nähe und atme die Wärme, die aus mir strömt. An meine zerklüftete Borke kannst du dich behaglich lehnen.

Ich warte auf dich, wenn du mit dem Alltag beschäftigt bist. Eine meiner Stärken ist meine unendliche Geduld.

Ich atme in Gottes Zeitmaß.

Ihr Menschen habt mir hübsche Namen gegeben: Linde, Eiche, Akazie, Ahorn und Buche. Namen voller Poesie. Aber mein ursprünglicher Name ist Leben.

Gern lade ich die verführerische Luft zum Tanzen ein, und bitte sie, noch ein wenig zu verweilen in meinen langen Zweigen, ich trage sie, wiege sie und sie lässt es sich gefallen. Wie sehr ich sie liebe.

Es gibt Zeiten, da muss ich schlafen, aber es sieht nur so aus. Ich sammle lediglich meine Kräfte in tiefster Konzentration für den nächsten Frühling. Aus dem Alten forme ich das Junge. In den ersten Tagen im Frühjahr kannst du dein Ohr an meine geborstene Haut legen und meinem Lebensfluss lauschen, der unter dem Schorf in meinen Adern pulsiert. Die Kraft fließt ungebremst aus der Erdmitte bis in die feinste Astspitze. Zitternd berühre ich mit meinem ersten Grün die Sonne. Sie und ich, wir kennen uns seit Anbeginn der Welt; ich habe ein gutes Gedächtnis.

Clara

Der Tag ist sehr blau, als du das erste Mal zu mir kommst. Du lehnst dich an meinen Stamm und weinst. Ich weiß noch nicht, was dich quält, aber ich spüre, dass es schlimm ist. Ich lege meinen Schatten um deine Schultern und meine Blätter wispern: Es wird wieder gut, ich trage dich ein Stück. Aber du hörst mir nicht zu. Du vergräbst deine zarten Lippen in meine Rinde und bohrst mit deinen Fingern in den schrundigen Ritzen. Behutsam öffne ich meine Poren, mein Harz beginnt zu strömen; es wird dich beruhigen. Tatsächlich wirst du stiller. Du setzt dich zu mir und erzählst. Es ist gut, wenn du erzählst, wenn du Wort für Wort freigibst. Der Schmerz hüllt sich in diese Worte. Ich nehme ihn auf und lasse ihn frei in der Luft. Von dort wandert er zu den Wolken und den Rest kennst du.

»Ich hasse ihn«, sagst du und ich merke deiner Stimme an, dass es nicht stimmt.

»Ich hasse ihn, weil ich ihn lieben muss.«

Das stimmt schon eher.

»Er hat mir nie gesagt, dass er mich liebt, aber er hat mit mir geschlafen und wir haben nächtelang geredet ... wir haben zusammen Nächte verbracht und zusammen geträumt ... von den Träumen haben wir uns erzählt. Wir wussten von unseren Ängsten, unseren Hoffnungen, und wir fanden uns schön.

»Warum ist es auseinandergegangen?«, fragen meine Zweige und sie berühren dich, damit du weißt, dass ich auf deiner Seite bin.

»Er hat gesagt, er kann nicht lieben. Er kann keine Nähe ertragen. Nicht meine Nähe und nicht die anderer. Dabei haben wir zusammengewohnt. Wir haben zusammengearbeitet, ein kleines Geschäft aufgebaut, wir haben Süßwaren auf Volksfesten verkauft.«

»Hast du gemerkt, dass er keine Nähe wollte?«, frage ich und stupse sie ein wenig. Sie ist schön, sie trägt das dunkle Haar offen. Große braune Augen, ein roter, trauriger Mund. Sie bewegt sich anmutig.

»Ja, ich habe es immer gewusst, gibt sie zu und rückt etwas näher an mich heran, sie streichelt mich und es macht mir nichts aus, dass sie dabei an ihn denkt.

»Er hat Philosophie studiert und ich Physik. Aber wir wollten etwas ganz anderes machen. Wir hatten beide diesen Kindertraum von einem kleinen Geschäft. Wir haben das einfach gemacht. Es lief wunderbar. Wir haben verkauft und er hat den Kunden Geschichten erzählt. Er war so lustig; die Leute haben ihn gemocht.«

Sie weint. Dann wird sie still. Sehnsüchtig schaut sie zu einem kräftigen Ast empor. Sie nimmt einen festen Strick aus einer großen Tasche.

»Denk nicht mal daran!«, rufe ich entsetzt, meine Blätter rauschen aufgeregt.

»Noch nicht«, sagt sie.

In den nächsten Tagen kommt sie wieder. Sie hat den Strick in meinem großen Astloch deponiert. Ich würde ihn am liebsten fortschleudern, aber ich kann es nicht.

Sie erzählt immer wieder von dem Mann. Und ihrer übergroßen Liebe. Jeden Tag wandert ihr Blick wieder zu meinem breiten Ast. Jeden Tag länger.

Einmal kommt sie nicht. Ich habe Angst um sie und erzähle meinen Freunden um mich herum von meiner Sorge um das arme Menschenwesen. Sie meinen alle, ich würde mir das zu sehr zu Herzen nehmen. Aber insgeheim fiebern sie genauso mit.

Clara heißt sie, und sie ist erst 25 Jahre alt. Sie war an jenem Tag nicht bei mir, weil er gekommen ist, um seine restlichen Sachen aus der Wohnung zu holen.

»Ich bin schwanger gewesen«, sagt sie. »Das Kind ist nicht bei mir geblieben, als hätte es gespürt, dass das nichts werden wird mit glücklichen Eltern. Ich habe den winzigen Klumpen aus dem Klo gefischt und in einem Glas in Formalin konserviert. Er hat nichts davon gewusst. Einmal hat er mich auf das seltsame Glas angesprochen; ich habe ihm erzählt, es sei ein Kunstobjekt. Ich wollte nicht, dass er erkennt, wie schlimm es um mich steht.

Alles habe ich für ihn gemacht. Seine Stimmungen habe ich ertragen, wie du das Wetter«, sagt sie und es ist das erste Mal, dass sie mich wirklich meint, als sie mir liebevoll über eine alte Astnarbe streicht.

»Ich habe ihm seine Sachen gegeben: Die Stühle, den Schreibtisch und auch das Glas. Habe ihm erzählt, was darin ist und er hat angeekelt den Mund verzogen.

»Ich bin froh, dass es vorbei ist«, hat er gesagt, »du spinnst doch.«

Das Glas hat er stehen gelassen.

Sie packt es aus und stellt es vor mich auf den Boden.

»Darf ich es bei dir begraben?«, fragt sie mich.

»Natürlich, suche dir eine gute Stelle aus.«

Sie gräbt ein Loch nicht unweit von mir in den weichen Waldboden und schüttet den Inhalt hinein. Dann wirft sie das Grab mit eiligen Bewegungen zu und greift sich das Seil.

»Moment noch«, rufe ich in meiner Aufregung und knarre mit meinem Holz: Ich muss sie in ein Gespräch verwickeln, sie ablenken … es fällt mir nichts ein. Sie beginnt an mir hochzuklettern, das Seil um die Taille geschwungen.

»Tu es nicht!«, höre ich mich streng rufen.

»Warum denn nicht?«, fragt sie unwirsch.

»Du kannst dein Leben selbst erfinden, du brauchst nicht den Vorgaben anderer folgen.«

Sie hält inne. Ich habe sie erreicht. Meine Äste strecken sich in das Blau und ich atme tief durch.

Sie klettert wieder herunter und sagt eine Weile nichts.

Ich sage auch nichts, weil Schweigen ein gutes Gespräch sein kann.

Dann geht sie fort, aber sie hat das Seil nicht in dem Astloch versteckt, es liegt einfach so da, auf dem Boden.

Ich atme erleichtert auf.

Nachts fallen ein paar Sterne zu Boden.

Clara ist lange nicht gekommen, in Menschenjahren gerechnet. Für mich waren es höchsten zehn Ringe.

Eines Tages höre ich ihre Stimme.

»Hier muss es sein«, sagt sie. Dann höre ich noch eine warme, tiefe Stimme, in der etwas Skepsis mitschwingt.

»Der Baum hat dir das Leben gerettet?«

»Ja, hier ist es gleich, er hat mich getröstet und geholfen.«

Dann höre ich noch eine dritte, sehr helle und fröhliche Stimme:

»Mama, ist das wieder eine von deinen Geschichten? Erzähl doch!«

»Ja, Schatz, aber erst müssen wir den Baum finden.«

Dann erkennt sie mich. Sie ist genauso schön wie damals, aber sie trägt ihr Haar kürzer, sie lacht und umarmt mich stürmisch.

»Er sieht ganz normal aus«, sagt das Mädchen enttäuscht. Sie ähnelt Clara sehr, vielleicht etwas kräftiger, und sie trägt ein Fußballtrikot.

»Mila, halte mal dein Ohr an den Stamm«, sagt Clara und Mila drückt ihre feine, kleine Ohrmuschel ganz fest an meine dicke Borke.

Sehr lange drückt sie, ihr Vater ist auch dazu getreten und alle drei pressen ihre Ohren an meinen breiten Stamm.

Sie werden still, die Drei, und sie lauschen dem aufsteigenden Wasser in meinen Kapillaren.

»Stimmt, Mama, es ist wirklich zu hören. Kannst du mir sagen, was er jetzt spricht? Ich verstehe ihn nicht.«

»Er sagt, dass er sich freut, dass wir hier sind und dass ich am Leben bin.«

»So ein Quatsch«, ruft Mila, »warum solltest du nicht am Leben sein. Komm lass' uns zum Fußballspiel fahren, ich habe jetzt genug von dem Baum.«

»Ja«, sagt Clara, »wir fahren gleich zu deinem Spiel. Aber so viel noch: Falls es dir mal nicht gut geht, diesem Baum kannst du vertrauen.«

Sie lachen alle Drei und wenden sich zum Gehen, aber Clara kommt nochmal zurück und streichelt mir liebevoll über den Stamm: »Sie kennen sich da nicht aus, weißt du, man kann es ihnen nicht verübeln.«

Dann wirft sie einen kurzen Blick auf den dicken Ast, der inzwischen noch breiter geworden ist. Suchend blickt sie auf dem Boden herum.

»Das Glas und der Strick sind längst weggetragen«, verrate ich ihr.

»Das ist gut so«, antwortet sie leise und löst eine kleine Kette von ihrem Hals, vergräbt sie mit der Schuhspitze nicht unweit von mir im weichen Waldboden. Sie atmet tief durch.

»Für dich, mein Kind«, sagt sie und zu mir gewendet: »Was für ein Glück, dass dir der Gedanke damals doch noch gekommen ist.«

Dann läuft sie mit leichten Schritten davon.

NOTFALL

Warteposition 37 Grad
Druck steigend
Objekt auf dem Radar

Lage stabil
Keine besonderen Vorkommnisse

Deine Herzhand
Sehe Dich

Herzrhythmusstörungen
Kammerflimmern
Atemstillstand
Herzdruckmassage

Wiederbelebung erfolgreich
Äußere Atemfrequenz 20
Innere Atmung aktiv

Flugübung

Deine Seele erwandert
Schattenwälder
Rastlos
Findest Du
Zeichen
Dein Kompass
Kreiselt

Auf tönernen Stelzen
Staksen Rabenvögel
An Dir vorbei
Die möchtest Du nicht
Nach dem Weg fragen

Alle anderen wussten
besser
die Zeichen
zu deuten

Doch
Von Deinem Standpunkt aus
Übst Du ungehorsam
Das Fliegen

Prolog

Nach vielen Jahrzehnten steht er an der Stelle, an der sich damals das Häuschen seiner Eltern befand. Über das kleine Grundstück breitet sich inzwischen ein profitables Mehrfamilienhaus aus. In mir lebt eine Sehnsucht, denkt Herrmann. Deutschland, Amerika, Israel ... ein gelebtes Leben. Ich möchte mich erinnern, aber das Gewirr in meinem Kopf ergibt kein einheitliches Bild, eher höre ich ein leises Summen und spüre meine Hände über zarte Stoffe streichen.

DER AUFTRAG

Dietrich hangelte sich trotz seines ungleichmäßigen Gangbildes geschickt die enge Treppe ihres kleinen Hauses bei München hoch, riss die Tür zu Saras winzigem Mansardenzimmer auf und wedelte seiner Frau mit einem Papier vor ihrer Nase herum.

»Wir haben endlich wieder einen großen Auftrag! Ausgerechnet von Sturmbannführer Meyer und das, obwohl er weiß, dass du Jüdin bist!«

Einen Moment herrschte Stille, die von dem nachdrücklichen Tropfen aus dem undichten Dach begleitet wurde. Der graue Zinkeimer war bereits ziemlich voll.

»Sara, vielleicht sind die Nazis doch nicht so dämlich. Ein Auftrag für 250 Reichsmark, allerdings eilt es sehr.«

Dietrich küsste seine Frau und in der Enge des kleinen Nähzimmers entstand genau die Wärme zwischen ihnen, die dem Leben einen Sinn gab.

Die kleine Schneiderei der Familie Buchter hatte Solvenzprobleme: Die Kundschaft war in den letzten Wochen und Monaten zunehmend ausgeblieben, die Ausflüchte reichten von: Kein Geld mehr ... bis zu Anfeindungen wie von Schuhmanns, den Nachbarn schräg gegenüber: »Eine Schande ist das, Dietrich! Hättest du die Finger von der jüdischen Frau gelassen, kämen wir weiterhin.«

Dietrich hoffte, dass das 1000-jährige Reich von deutlich kürzerer Dauer sein würde. Mit den Ideen der Braunhemden konnte er sich nicht anfreunden, möglicherweise hing dies auch mit seiner Gangstörung zusammen. Wie ein schwankendes Boot im hohen Wellengang wirkte es, wenn er die Krenmoosstraße zu seinem Geschäft heraufwankte und in dem beständigen Auf und Ab bekam seine Sicht auf die Dinge viele Perspektiven.

Sara liebte er von seiner Kindheit an, er hatte sie, die klein und zierlich war, damals vor den anderen beschützt. Einmal hatte Karl Meyer mit seiner Meute Sara auf dem Nachhauseweg aufgelauert und ihr den Zopf abgeschnitten.

Damit wir vor deinen Läusen sicher sind, hatten sie gegrölt und ließen Sara verstört am Wegesrand sitzen.

Am nächsten Tag erschien Sara mit verweinten Augen und einer Kurzhaarfrisur in der Schule. Obwohl Dietrich ein langes und ein kurzes Bein besaß und nicht besonders schnell rennen konnte, so hatte er doch kräftige Arme und vor allen Dingen besaß er den Mut der Gerechten. Er stellte in der nächsten Pause den zwei Jahre älteren Meyer zur Rede.

»Wir haben dem Vögelchen nur etwas die Flügel gestutzt.« Meyer grinste breit und fügte hinzu: »Ich rate dir, lass die Finger von dem jüdischen Täubchen!«

Dietrich riss die Faust hoch: »Damit du sie besser drangsalieren kannst, was? Ohne mich, du Heißluftballon!«

»Ich zeig's dir, Krüppel«, schrie Karl und stürzte sich auf den Jüngeren.

Meyer malträtierte ihn gewaltig. Aber auch Meyer hatte bei der Prügelei seine Portion abbekommen: Blut rann

aus seinen Nasenlöchern, die Kleider waren zerrissen und außerdem war ihm seine Hose über den Hintern gerutscht, was die Umstehenden zu Johlen und Feixen veranlasste.
Meyer ließ Sara und Dietrich seitdem in Ruhe.
Leider blieb Dietrichs Sicht auf dem rechten Auge seitdem stark beeinträchtigt.
Aber heute, am 25. Oktober 1938, kam ihm Meyer gerade recht mit seinem Auftrag, denn erstens war dies ein Zeichen, dass die Nationalsozialisten langsam Vernunft annahmen, zweitens hatte der inzwischen mächtige Meyer vielleicht doch ein schlechtes Gewissen wegen damals und drittens brauchten er, Sara und ihr kleiner Sohn Herrmann, das Geld dringend.

»Wer weiß«, sagte Dietrich zu Sara und küsste sie noch einmal, »ob wir ohne diesen Auftrag nicht gezwungen wären, unser Geschäft zu schließen und wie die Weizmanns von nebenan fortzugehen. Die hatten so gut wie keine Kundschaft mehr.«

»Meine Eltern drängen wieder, dass wir fortgehen«, erwiderte Sara, »jetzt mussten wir schon »Juden« auf das Schaufenster pinseln. Im Frühjahr wurden manche Juden gezwungen, ihren Vermögensstand anzugeben. Wer weiß schon, was die vorhaben …«

»Willst du, dass wir Deutschland verlassen, Liebes?«, fragte Dietrich und erwog zum ersten Mal ernsthaft diese Möglichkeit.

»Nein, nein, ich will nicht fort von hier, aber gerade gestern haben mich meine Eltern wieder inständig gebeten, mir doch über eine Auswanderung Gedanken zu machen.«

»Wo sollten wir hin, mein Schatz? Als sich die über 30 Länder in Frankreich bei Evian dieses Jahr getroffen haben, um zu klären, wer noch mehr Juden aufnimmt, da war kein einziges Land dazu bereit. «

Beide verstummten und lauschten dem Rhythmus der auf der Wasseroberfläche aufprallenden Wassertropfen.

Bald würden sie den Eimer leeren müssen. In der letzten Nacht hatte es heftig geregnet. Zudem war es kalt geworden, der sonnige Nachsommer hatte sich vorbehaltlos in einen verstimmten Herbst verwandelt.

»Wir könnten nach Amerika gehen, dort gibt es wohl noch Möglichkeiten. Und das Geschäft den Schuhmanns verkaufen, die haben sich schon dafür interessiert«, erwiderte Sara etwas kraftlos.

»Die Schneiderei ist seit Generationen in unserer Familie! Und überhaupt, was würden Schuhmanns denn schon bezahlen? Wovon soll Herrmann denn später einmal leben? Außerdem haben wir jetzt den Auftrag!«, fegte Dietrich die ganze Diskussion mit einem Satz vom Tisch.

Sara strich Dietrich sanft über die hellen Haare und musste sich dazu auf die Zehenspitzen stellen. Dabei geriet sie ein wenig aus der Balance und Dietrich fing ihren leichten Körper auf, hob sie zu sich empor und trug sie mit seinen wiegenden Schritten zur Chaiselongue, die meist als Stoffablage diente. Sarah konnte sich in seinem Blick sehen.

»Ach, du meine Güte«, ein Ruck durchlief Dietrich, »wir müssen den Auftrag in wenigen Tagen erledigen, spätestens bis Anfang November! Meyer hat ganz schön Dampf gemacht!«

»Schade«, seufzte Sara. Der kleine Herrmann war bei ihren Eltern und niemand hätte sie gestört.

»Tut mir leid, Liebes, tut mir leid ... wir werden noch so viel Zeit haben, wenn dies alles hier vorbei ist.« Er drückte sie bedauernd an sich und setzte sie dann behutsam auf dem alten Holzboden ab.

Der Auftragszettel mit dem sperrigen Kreuz auf der Vorderseite war zu Boden gesegelt. Dietrich hob ihn auf und las vor: Hiermit erteilen wir Herrn Dietrich Buchter den Auftrag, 5000 Tuchjacken mit Aufnähern zu versehen. Die Jacken werden ab dem heutigen 25.10. 1938 an-

teilig geliefert, ebenso der Stoff, aus dem die Applikationen zu fertigen sind. Bis zum 09.11.1938 sind die Jacken ordnungsgemäß fertigzustellen. An- und Abtransport organisiert die Lagerleitung Dachau.
Heil Hitler
Untersturmbannführer Karl Meyer.

»Mensch Dietrich! 5000 Aufnäher! 250 Reichsmark! Aber schaffen wir das?«, zweifelte Sara. »Steht da, was für eine Sorte Aufnäher es sind?«

»Meyer sagte, es sollen Sterne sein.«

»Wozu brauchen die Sterne auf den Jacken? Sterne sind nicht schnell aufzunähen, zu viele Ecken, da brauche ich mindestens 10 Minuten pro Stück. Das schaffen wir nie ...«, seufzte Sara.

»Doch«, sagte Dietrich zuversichtlich: »Wir nähen einfach zwei gelbe Dreiecke übereinander, dass es einen Stern ergibt. Wir machen nur kurze Befestigungsnähte.«

»Aber das ist Pfusch!«, entsetzte sich Sarah.

»Meyer meinte, es kommt jetzt auf Menge an und schnelle Abfertigung. Er hat so abfällig gegrinst dabei, du kennst ihn ja, er ist ein unangenehmer Mensch.«

»Ja, es behagt mir gar nicht, ausgerechnet auf ihn angewiesen zu sein. Er will sicher hoch hinaus. Es heißt, dass die das Lager in Dachau jetzt sogar noch ausbauen wollen. Haben die dort eigentlich keine Leute, solche Aufnäher zu fertigen?«

»Nein, eben nicht, das hat er gleich erzählt, so hatte sich das die Parteizentrale wohl auch vorgestellt, aber sie haben einfach niemanden gefunden, der schnell genug mit einer Nähmaschine umgehen kann. Er muss trotzdem tüchtig in der Bredouille sitzen, wenn er ausgerechnet uns beauftragt.«

»Sie brauchen uns also. Wenn die Leute sehen, dass sogar Meyer bei uns bestellt, dann kommen sie wahrscheinlich wieder zurück zu uns. Nur, was soll das mit den Sternen? Und warum 5000? So viele sind da doch gar nicht, oder?«

»Ich weiß es nicht, Liebes. Es sind wohl vor allen Dingen Politische dort, ein paar Juden auch, die gegen das Gesetz verstoßen haben, aber besonders eben solche, die nicht so denken wie Hitler oder Meyer.«

»Dann könnten wir vielleicht auch dort sein.«

»Ja, wir müssen vorsichtig sein.«

In der Nacht träumte Sara von Sternen, vielen, gelben Sternen, genäht aus einer luftigen Seide. Ein warmer Südwind hob sie mühelos vom Boden, dann formierten sie sich zu einem langen Zug, immer zwei zusammen und stiegen auf in die Dunkelheit. Tiefe Klarinettenklänge begleiteten den Zug und die Sterne begannen zu singen: Ihre Stimmen klangen wie das Rufen der ziehenden Gänse im Herbst.

Als Sara am nächsten Morgen aufwachte, schüttelte sie den Kopf über den seltsamen Traum. Ein Teil der gestreiften Tuchjacken war noch am Vorabend ins Geschäft geliefert worden. Draußen hatte sich die Welt in eine zähe, neblige Masse verwandelt und Sara hätte viel um eine bessere Beleuchtung gegeben. Aber dennoch kam sie gut voran, auch wenn die Stoffqualität der Lagerjacken liederlich und sperrig war. Die Nähmaschine summte dazu. Das ständige Tropfen aus dem Dach hatte endlich aufgehört.

Dietrich war gleich nach ihr aufgestanden, um Herrmann abzuholen, der für zwei Tage bei Saras Eltern geblieben war. Nur wenig später stand Dietrich wieder in dem Nähzimmer, mit hängenden Schultern und fassungslosem Blick.

»Deine Eltern sind fort, geflohen, und sie haben Herrmann mitgenommen. Um ihn zu retten, schreiben sie.«

Er hielt ein blaues Kuvert in den Händen. »Seit Wochen müssen sie das geplant haben, sie sind schon seit zwei Tagen auf der Flucht nach Amerika. Wir sollen nachkommen.«

»Was sollen wir tun?«, formten ihre Lippen, aber sie brachte keinen Laut zustande.

»Wir werden ihnen folgen, Sara!«, sagte Dietrich bestimmt. Aber vorher beenden wir den Auftrag. Wir brauchen das Geld. Dann gehen wir fort von hier. Deine Eltern haben recht. Ohne dass sie Herrmann mitgenommen hätten, würden wir diesen Mut nie aufbringen!«

Sara nickte, aber sie schwieg an allen Tagen, an denen sie gemeinsam die Sterne auf die Lagerjacken nähten. Sie schwieg bis zum letzten Stern, den sie am 8. November anbrachte. Am gleichen Tag noch wurden die Jacken abgeholt und Meyer erschien vor ihrem Haus.

»Gib uns das Geld!«, sagte Dietrich ohne Umschweife.

»Ich gebe Euch morgen, was ihr verdient habt, wie ausgemacht, am 9.11.«, sagte Meyer. Immerhin hatte er ihnen eine Empfangsbestätigung ausgehändigt.

In der nächsten Nacht heulte ein zorniger Wind um das kleine Häuschen, der sich erst in den frühen Morgenstunden legte. Der Tag erwachte grau und wollte sich auch über Mittag nicht aus diesem Schleier lösen. Mit Einbruch der Dunkelheit fiel der erste Stein in das Fenster ihres Geschäftes. Dietrich hinkte mit großen Schritten auf die Ladentür zu, bewaffnet mit der bloßen Faust.

Sara sprang dazwischen und hielt ihn zurück.

»Ich weiß nicht, was sie vorhaben, Liebster, aber sie meinen es ernst. Diesmal würdest Du nicht nur ein Augenlicht einbüßen!«

Dietrich blieb stehen; er wirkte wie ein Schiff, das auf einem Felsen aufgelaufen war.

Die Tür splitterte und plötzlich standen sie im Laden, sie erkannten die SA-Männer, auch wenn sie keine Uniform trugen. Draußen warteten etliche Nachbarn, unter ihnen die Schuhmanns, auch andere ehemalige Kunden.

Sie sahen zu und schritten nicht ein, hier und da war sogar Beifall zu hören, als die Männer die Schneiderpuppen und Stoffe aufschlitzten, die Vasen und Teller zu Bruch warfen und die Schubladen nach vermeintlichen Waffen durchsuchten. Jemand gab dem vollen Zinkeimer einen Tritt und das Wasser ergoss sich über dem Holzboden.

Wenig später schritt Meyer über die Verwüstung und unter seinen schweren Stiefeln knirschten die Scherben.

»Das ist Euer Lohn«, lachte er und als Dietrich ihn packen wollte, wies er vier Männer in Uniform an: »Widerstand gegen die Staatsgewalt: Verhaften!«

Dietrich wurde in das Konzentrationslager nach Dachau gebracht. Das Aufnahmekommando dort schlug ihn in Bauch und Gesicht. Die Nacht verbrachte er in einem Saal und beobachtete aus einer kleinen Luke eine gespenstische Versammlung auf einem der weitläufigen Höfe des Lagers. Grell erstrahlte das Flutlicht über jeden Winkel, geblendet standen zahlreiche Männer aufgereiht. Sie trugen die Jacken mit den gelben Sternen, die Sara und er aufgenäht hatten. Mit angelegten Waffen bedroht wurden sie gezwungen, sich immer wieder lange Zeit auf den eiskalten Boden zu legen und bizarre Turnübungen zu vollführen. Mit den kurzgeschorenen Haaren und den von Schlägen angeschwollenen Gesichtern wirkten sie fremd, aber Dietrich erkannte einige, überwiegend wohlhabende Juden aus der Stadt. Hin und wieder sah Dietrich einen Mann umfallen, aber niemand durfte helfen. Immer wieder schrie jemand hasserfüllt in ein Megafon; die Stimme klang metallisch und verzerrt, sie schallte von den Wänden der umliegenden Mauern zurück, tropfte aus den alten Bäumen. Drei Nächte ging das so und dann wurden Dietrich und einige der am 9. November Inhaftierten wieder nach Hause geschickt.

Vieles dort war zerstört und geplündert worden. Das Wasser aus dem grauen Eimer hatte einen hässlichen braunen Fleck auf dem Holzboden gebildet, der sich unaufhörlich ausbreitete. Es leckte ungehindert aus dem Dach, Sara hatte das Gefäß nicht mehr aufgestellt. Wortlos packten sie ein paar Habseligkeiten.

Nach ihrer Ankunft in Amerika konnten sie bereits wenige Wochen später den kleinen Herrmann und natürlich Saras Eltern wohlbehalten in die Arme schließen.

Epilog

So hätte die Geschichte für uns enden können ... Herrmann legt seine faltigen Hände ineinander, um sich zu wärmen.

Die Wahrheit aber war, dass meine Mutter in der Reichspogromnacht brutal vergewaltigt wurde. Der Täter, ein gewisser Meyer, wurde von einem deutschen Gericht angeklagt, aber nicht aufgrund der Vergewaltigung, sondern wegen sogenannter Rassenschande. Zu einem wenig späteren Zeitpunkt wurden die Staatsanwälte vom Reichsministerium der Justiz auf Befehl von Goebbels angewiesen »keine Ermittlungen in Sachen der Judenaktion vorzunehmen«.

Sie haben meiner Mutter noch nicht einmal zugestanden, das Opfer zu sein, denkt Herrmann und lauscht dem leisen Summton in sich.

Dann fällt sein Blick auf das Namensschild am Eingangsbereich des Mehrparteienhauses: Schuhmann stand da in dicken, schwarzen Lettern geschrieben.

Ende September

Das Sirren und Summen
der Vogelreise
Ganz leise
Geht
unter die Haut

Die müden Sonnentage
Verlegenes Säuseln
des Windes
Noch baumelt
das Licht
am Seidennetz
Noch torkeln
die Blätter nicht

Doch im Traum
fallen sie
sacht
in die Kälte
der Nacht

April

April hastet zur Tür ihres kleinen Ein-Zimmer-Apartments im Studentenwohnheim von Landau. Erst seit einem Jahr wohnt sie in der beschaulichen Universitätsstadt der Pfalz. Sie ist gestern gegen Mitternacht von einer vierwöchigen Sprachreise aus Kalabrien in Italien zurückgekehrt. Mahnend tönt ihre sirrende Klingel bereits zum zweiten Mal.

Vor der Tür steht ein Bote in makellos weißer Arbeitskleidung und Sportschuhen mit einem Paket in der Hand.

Sie lächelt ihn an und schaut in zwei freundliche Augen. Er sieht nicht aus wie ein Paketbote, wobei sie eigentlich nicht genau sagen könnte, wie ein solcher auszusehen hätte. Aber dieser hier sieht eher aus wie ein Denker, ein Träumer, ein Poet womöglich. Er erinnert sie ein wenig an den jungen Fernando Pessoa:

»*Zwischen Schlaf und Traum, // Zwischen mir und was in mir ist // Und was ich vermute zu sein, // Fließt ein unendlicher Fluss ...*« kommen April ihre Lieblingszeilen des portugiesischen Dichters in den Sinn.«

»Guten Morgen«, sagt der Weißgekleidete mit einer sonnendurchfluteten, warmen Stimme und tatsächlich durchströmt gerade in diesem Moment die erste selbstbewusste Frühlingssonne in das in einem heillosen Durcheinander liegende Zimmer von April.

Der Bote drückt April das Paket, ein Päckchen eher, in die Hand und blickt sie noch einmal an, fast etwas besorgt diesmal:

»Alles in Ordnung?«

»Ja, danke, ich kann mich nicht erinnern, etwas bestellt zu haben«, antwortet die junge Frau zögerlich.

Beide inspizieren die Adresse und ihre Köpfe berühren sich fast. April ist dies überraschenderweise nicht unangenehm.

Eindeutig steht auf dem kleinen Päckchen:
April Ludovici, Studentenwohnheim, Ostbahnstr.3, 76829 Landau/Pfalz

»Das bin ich«, bestätigt April, »aber ich erwarte eigentlich gar nichts.«

»Nehmen Sie das Paket an?«, fragt der Bote und klingt dabei eher aufmunternd.

»Ja, ich nehme es.« Was soll schon verkehrt daran sein, denkt April. Vielleicht ist es ein Geschenk?

»Dann, viel Freude damit. Auf Wiedersehen und einen schönen Tag noch«, sagt der freundliche Bote, nicht ohne noch einen etwas längeren Blick auf April ruhen zu lassen.

Der wird plötzlich bewusst, wie sie aussieht: Ihr schlanker Körper ist nur spärlich bekleidet mit einem kurzen, abgetragenen Schlafshirt, auf dem sich weiße Schäfchen vor himmelblauem Hintergrund tummeln. Ihre langen, braunen Locken staken wie ein Krähennest wild durcheinander um ihren schmalen Kopf, in den müden Augen liegt noch ein Teil ihrer Italienreise und die Wangen tragen das Muster der Falten ihres Kopfkissens. Ihr Vater hat immer behauptet, dass sie wie Audrey Hepburn aussehe, aber das findet April etwas geschmeichelt, denn ihre Nase ist eher lang. Die durch die Sonne Italiens braungebrannten Beine stecken in zwei abgetragenen, aber weichgefütterten Hausschuhen, die einen Tigerkopf imitieren.

»Danke, Ihnen auch«, sagt April verlegen und schließt schnell die Tür.

Kurzentschlossen öffnet April das Päckchen. Aus mehreren Schichten weißen Seidenpapiers schält sie ein sorgfältig verpacktes silbernes Instrument aus, einem kleinen Fernrohr ähnlich. Es sieht kostbar aus.

April schaut neugierig durch eine der beiden gläsernen Öffnungen: Ein Kaleidoskop! Eine fröhliche Sinfonie aus Farben und Formen springt April darin entgegen. Sie dreht den kleinen Apparat ein wenig und sofort entstehen neue, faszinierende Muster und raffinierte Anordnungen.

Seltsam, denkt sie, es sind viel intensivere Bilder als ich jemals in einem Kaleidoskop gesehen habe, realistischer und greifbarer. Etwas erschöpft von dem überraschenden Tagesbeginn und den vielen Eindrücken legt sie sich mit dem Kaleidoskop in der einen und dem Päckchen in der anderen Hand auf ihr gemütliches Bett.

April schaut, ob sie den Absender des Päckchens entdeckt, aber sie kann ihn nicht finden. Nur auf einem Stempel ähnlichen Aufdruck in der Nähe ihrer Adresse sieht sie kaum leserlich einen Schriftzug wie ...io oder iov...

Das könnte aus Italien stammen, San Giovanno vielleicht? Ihr Blick fällt auf die Uhr und sie erschrickt, denn in einer halben Stunde hat sie sich im »Hexenkessel«, dem kleinen Kulturcafé von gegenüber, zu einem Treffen mit dem literarischen Verein Landaus verabredet. Geplant ist ein literarischer Spaziergang durch die Stadt. Anschließend werden von den Teilnehmern Texte dazu verfasst und gegen Abend einem Publikum vorgetragen.

Pünktlich zur verabredeten Zeit verlässt April das Wohnheim. Zum Glück liegt das Café in unmittelbarer Nachbarschaft zum Studentenwohnheim. Sie muss lediglich den kleinen Platz dazwischen überqueren.

Es weht eine laue, blütenschwere Luft. Die Sonne hat bereits eine Intensität entwickelt, die dazu einlädt, draußen zu sitzen. Aber jetzt im Frühjahr ist das Wetter noch so launisch, dass sich nur wenige Gäste in den Außenbereich trauen.

Den Platz durchschreitend fällt April auf, wie still es heute ist. Für einen Samstag ungewöhnlich. Normalerweise kann man den Verkehrslärm der hinter dem Café verlaufenden Straße deutlich hören. Auch in der angrenzenden Seitenstraße, der Rosengasse, ist kein Auto zu sehen. Um diese Zeit parken hier sonst die Wagen dicht an dicht.

Neugierig läuft sie die kleine Straße ein Stückchen hoch, bis sie die breite Querspange, die Weißquartierstraße, erreicht und sieht verdutzt, dass anstelle vieler Autos eine Menge Fahrradfahrer auf breit angelegten Fahrradstreifen unterwegs sind.

Merkwürdig, vor ihrer Abreise befand sich hier vor der Hauptpost eine Baustelle, eine der vielen Baustellen der Stadt, die oft quälend lang bestehen. April wundert sich, dass sie so zügig fertig geworden sind, besonders aber darüber, dass sie gleichzeitig einen einladend weiten Fahrradweg gebaut haben in der kurzen Zeit.

Vier Wochen war ich nur verreist, wie haben sie das in der Zeit nur geschafft, wundert sie sich, aber das ist doch auch mal eine gute Sache.

Als April sich auf der anderen Seite des Platzes umschaut, sieht sie viele Menschen zu Fuß durch die Fußgängerzone eilen.

Im Grunde alles wie immer, denkt sie, bis auf die neuen Fahrradwege und die fehlenden Autos, aber die fehlen ihr nicht wirklich. Es freut sie eher.

April wendet sich wieder dem Café zu. Sie mag Sinja, die Betreiberin des Hexenkessels. Sinja ist zwar doppelt so alt wie sie, aber sie gehört zu den Frauen, deren Alter keine wesentliche Bedeutung hat. Das Café ist für April inzwischen ein Stück Zuhause und voller Vorfreude auf das Wiedersehen tritt sie durch die große Glastür. Von innen betrachtet scheinen sich die Farben irgendwie zu verwandeln: Blasses Rosa wird zu einem leuchtenden Rot, aus dem müden Blau ein frisches Azur und Weiß verändert sich zu einem sommerlichen Hellgelb. Sie kann sich den merkwürdigen Effekt nicht erklären, vielleicht hat es mit der großzügigen Verglasung des Cafés zu tun, ein wenig erinnert es an ein Gewächshaus mitten in der Stadt.

Es kann aber auch mit Sinja zu tun haben. Sinja verändert auch ständig ihr Aussehen. Es ist April ein Rätsel, wie sie das anstellt: Sie kann wie ein Kind aussehen, mit strahlenden rosa Wangen und runden, leuchtenden blauen Augen. Andererseits wirkt sie manchmal sehr erfahren und ihre nachdenklichen Blicke erinnern dann mehr an die weisen Augen eines Blauwales.

Die Begrüßung der beiden Freundinnen ist herzlich, aber kurz, denn die gesamte Autorengruppe hat sich bereits versammelt.

Die meisten Mitglieder haben schon eine Wegbeschreibung in der Hand und wenige Minuten später läuft April mit ihrer Routenbeschreibung unter dem Thema »April, April« in der Hand in Richtung Weißquartierstraße.

Ihr fällt ein im letzten Frühling verfasstes Gedicht ein und sie freut sich, wie genau sie den Wortlaut erinnert:

April in Landau

Wohnwagen beginnen zu sprießen
Die Handys melden stürmisch: Frühling, Frühling
Im Garten explodiert die Lust
In den sonnengelben Forsythien
Verliebt sich das zarte Rotkehlchen
In den Buchfinken von nebenan.

Jetzt werden Häuser gebaut
Frauen tanzen in neuen Kleidern
Durch die bunten Straßen der Stadt
Die sich noch verwundert
Den Winterschlaf aus den Augen reibt

Befreit aus engen Wänden
Schieben die Kinder
Bunte Räder auf den Rathausplatz
Die Mandelbäume haben sich feingemacht
Für das Hansel-Fingerhut-Spiel

Nachts regiert noch der Winter
Doch Tags bricht uns die Seele auf

In der Weißquartierstraße herrscht geschäftiges Treiben, aber ohne die Autos ist alles stiller als sonst. Die Menschen scheinen es eilig zu haben, denn viele gehen mit einem eindrucksvollen Tempo voran. Es sieht aus, als wären sie wie auf dem Frankfurter Flughafen auf endlosen Transportbändern unterwegs. Tatsächlich entdeckt April, dass sie auf schwarz glänzenden, von Solarenergie angetriebenen, fahrenden Streifen vorangetrieben werden. Das ist mal eine wunderbare Erfindung, auch für Menschen mit Geheinschränkungen, denkt April.

Die zahlreichen Fahrräder dominieren das Bild, es sind auch viele große Dreiräder unterwegs, die größere Transportmöglichkeiten bieten. Scheinbar mühelos gleiten auch die älteren Menschen damit über den Asphalt. Wahrscheinlich sind das alles E-Bikes, denkt April und erkennt beim genauen Hinsehen auch einige Räder mit Ladevorrichtungen.

Merkwürdig, alles sieht so anders aus ... Aber gut sieht es aus und die Stille fühlt sich angenehm an!

Auf einer speziellen Spur in der Mitte der Fahrbahn rauschen Segways aneinander vorbei.

April wendet sich nach links in Richtung Nordring. Es weht eine laue Frühlingsluft, am Himmel scheint ein monochromes Hellblau, nur unterbrochen durch ein silbriges Flugzeug, welches seltsamerweise keinen Kondensstreifen hinterlässt.

Nachdem die Sonne in den letzten Monaten so lange bescheiden hinter grauen Wolken ausharren musste, prahlt sie heute mit ihrem Glanz.

Auf der Höhe der alten Augustinerkirche lässt sich April leicht verwirrt von den ganzen Veränderungen auf einer Bank nieder.

Die Osterglocken neigen ihre leuchtenden Köpfe höflich und rufen freundlich nach Bienen und Hummeln. Deren Brummen und Summen ist deutlich zu hören. April entdeckt einige Wildbienensorten, die sie noch nie in der Stadt gesehen hat. Vögel flattern herum, April erkennt Meisen, Rotkehlchen, Buchfinken, Rotschwänzchen, freche Elstern keckern von Weitem und die Kleiber wandern die Stämme der alten Linden auf und ab. Ein sehr bunter Vogel lässt sich direkt vor ihr nieder. Er erinnert sie an einen Eisvogel, aber die gibt es ja eigentlich kaum noch.

Die Bäume zeigen ihr erstes zartes Grün. April vermag fast das Knispern und Knacksen des Wachsens zu hören. Selbst die Wurzelspitzen scheinen sich Botschaften zu wispern. Aber das ist ja nicht möglich. Und genauso gut ist es eigentlich nicht möglich, was sie auf diesem Platz entdeckt: Ein riesiger Kinderspielplatz breitet sich vor der Kirche aus, Trampoline in allen Größen, Zelte und Rutschen, kleine Karussells und dazwischen spielen viele sehr vergnügte Kinder.

Direkt gegenüber liegt ein weitläufiger Skateboardpark und fünf lässige Jugendliche vollführen ihre waghalsigen Sprünge, während andere ihnen gebannt zuschauen. Da stand doch eigentlich das Finanzamt, überlegt April, aber sie ist sich schon nicht mehr ganz sicher.

Auch hier liegt eine angenehme Ruhe über allem. Ein neuartiger Bodenbelag scheint die Geräusche der Rollen und das Getrappel der vielen Füße zu schlucken.

Ein alter Mann setzt sich umständlich neben April auf die Bank, schwer auf seinen Stock gestützt.

»Entschuldigen Sie«, fragt April, »wo kommen denn die ganzen Fahrradwege und Transportbänder so schnell her?«

Der alte Mann schaut April verwundert an.

»So schnell? Sie machen wohl einen Aprilscherz, meine Liebe, heute ist ja der erste April. Die Umbauten wurden schon vor etwa zwanzig Jahren durchgeführt ... oder sind es sogar schon dreißig? In meinem Alter verwischen die Zeiten ziemlich, Sie müssen entschuldigen ...«

Wieso vor dreißig Jahren, fragt sich April.

Der Mann beugt sich nun zu April herüber: »Ich bin schon weit über hundert, müssen Sie wissen.«

April staunt, so alt hätte sie ihn nicht eingeschätzt.

Er erinnert sich: »Vor etwa dreißig Jahren wurde in Landau zunächst das ganze grobe Kopfsteinpflaster entfernt. Da konnte damals keiner drauf laufen. Dann wurden nach und nach die Transportbänder für Menschen mit Mobilitätsproblemen eingefügt. Die Autos wurden aus der Innenstadt verbannt, bis auf einige Tiefgaragen haben wir kaum noch Autos im Zentrum. Dann folgten etwa zeitgleich die zahlreichen Leihräder, aber das wissen Sie ja auch, viele Räder mit Elektro-Antrieb, Lastenräder, die Segways, die an vielen Plätzen kostenlos angeboten werden. Das Finanzamt hat man vor etwa zehn Jahren endgültig abgerissen, denn wir haben ja zum Glück inzwischen ein Grundeinkommen für Jeden und die Steuern sind nach Einkommen grob gestaffelt, die ganze Zettelwirtschaft und Computerformulare hatten endlich mal ein Ende. Für das eingesparte Geld vom Finanzamtspersonal, Gebäude und so weiter wurden die beiden Plätze für Kinder und Jugendliche zentrumsnah gebaut.«

Auf die andere Seite hat sich inzwischen eine junge Frau etwa in Aprils Alter gesetzt:

»Und dann kamen die vielen Kindertagesstätten für uns berufstätige Mütter. Meinen Sie, ich hätte sonst schon drei Kinder in meinem Alter?«, lacht sie und zeigt mit einer weitläufigen Bewegung auf drei kleinere Kinder zwischen vier und sechs Jahren, die fröhlich auf einem der Trampoline herumspringen.

»Ich«, fällt ihr der alte Mann ist Wort, »ich kann mich sogar noch an die Krähenplage vor 30 Jahren erinnern ...

oder waren es 40? Wir hatten zu guter Letzt Abertausende von Krähen in unserer Stadt: Allein um den anfallenden Kot zu entfernen hatten wir zum Schluss über 100 Angestellte. Wegen des Lärms verließen die Menschen mehr und mehr die Innenstädte und kauften damals in Shoppingzentren wie in Rohrbach oder Zweibrücken ein. Die Innenstädte wirkten leer, schmutzig und wilde Banden trieben sich darin herum. Nein«, seufzte er, »so ist es einfach besser ... auch die medizinische Versorgung ist jetzt besser geworden: Sehen Sie mal dahinten, wo früher die AOK stand, da steht nun die GfA, die »Gesundheit für Alle«. Es gibt schon lange keine Erste-zweite-Klasse-Gesundheitsversorgung mehr!«

»Wo kämen wir denn da hin«, empört sich die junge Frau.

»Sie haben das nicht mehr miterlebt«, schmunzelt der alte Mann nachsichtig.

April ist inzwischen schwindelig geworden. Das hört sich an, als sei sie in der Zukunft gelandet. Wie kann so was passieren? Eigentlich gar nicht! April hat das unangenehme Gefühl, dass ihr die Situation zu entgleiten droht. Sie fühlt sich benommen. Das wird die Frühjahrsmüdigkeit sein, denkt sie, oder ich werde eben verrückt. Aber alles sieht so harmlos, so alltäglich, so normal aus.

Über ihrem Kopf surrt eine Transportdrohne und landet zu ihren Füßen. Auf einem Tablett sind einige Kaffeebecher, Eis und Kaltgetränke gerichtet.

»Auch so ein angenehmer Service der Stadt«, freut sich der alte Mann.

April kann das alles nicht fassen. Was ist bloß passiert? Und warum geschieht es ausgerechnet ihr, sie hasst Science-Fiction und Fantasy ... und nun scheint sie mittendrin zu stecken. Was war anders heute? Es muss eine plausible Erklärung geben. Ab wann hat sich alles verändert?

Plötzlich fällt es April ein. Der nette Bote, das Päckchen, das Kaleidoskop ... Danach war sie auch so benommen. Und alles begann.

Das helle Motorengeräusch der Drohne nimmt bei ihrem Abflug deutlich zu. Obwohl sie sich entfernt, wird das sirrend klingelnde Geräusch lauter und lauter. Wie unangenehm! Das passt gar nicht zu dieser neuen Landauer Zukunft.

April wacht auf. Sie hat das alles geträumt, oder?

Es klingelt Sturm an ihrer Tür. April öffnet und vor der Tür steht ein weißgekleideter junger Mann mit träumerischen Augen.

»Ich fand Sie so nett und wollte mal fragen, ob Sie Zeit für eine Tasse Kaffee haben?«, fragt er mit seiner warmen Stimme.

DER FLIEDER FLIEHT

Der Flieder flieht
Es küsst dich der Hibiskus
Und Anne Mone lässt die Hüllen fallen
Der Ginster blüht vor Hochgenuss
Ein Lächeln liegt in allem

Es kost und schnurrt die ganze Welt
Ein sanfter Blütenregen fällt
Die Katze liegt im Katzengras
und rollt sich auf den Rücken
der Kater beißt sie nur aus Spaß
und schnappt sie mit Entzücken

Wenn dich dann leise jemand fragt
sich nah an deine Seite wagt
verschenke einen langen Blick
und geh mit ihm ein kleines Stück

Ein Zimmer ist im Luftschloss frei
für eine verträumte Liebelei
mit Wolkenbildern an der Wand
und Teppichen aus Muschelsand

Von Anfang an

Das kann ich nicht mehr

Herr Hartmann
Hat gesagt
Ich soll Nick nachgehen
Der ist auf dem Klo
Ich kann ihm da die Stange halten
Herr Hartmann
Hat gesagt
Ich kann mein Geld
Im Bett verdienen
Herr Hartmann
Hat meine Note versaut
Weil er zu faul war
Hat er die Leistungskursfragen vom Vorjahr
In unserem Grundkurs gestellt
Herr Hartmann
Hat meine Mutter
Beleidigt
Sie wäre fett
Er selbst watschelt breitbeinig
Herr Hartmann hat gesagt
Männer dürfen das
Herr Hartmann
Ist unser Chemielehrer
Ich wollte eigentlich
Chemie studieren
Aber das kann ich nicht mehr

Eine Rechnung begleichen

Krockhaupt schmiss in hohem Bogen die schwarzlederne Aktenmappe auf das Lehrerpult, als er die 9c betrat. Augenblicklich kehrte Ruhe in die sonst eher aufmüpfige und laute Klasse ein.

Im Stechschritt durchmaß der etwa fünfzigjährige, kahlköpfige Krockhaupt den Raum.

»Wer kommt freiwillig an die Tafel?«, blechte er grußlos über die eingezogenen Köpfe hinweg.

Selbst die Vorlautesten zogen es vor, sich möglichst unsichtbar zu machen.

»Clara, komm' du mal!«

Dead Woman Walking, dachte Clara, ich habe keine Ahnung. Ihre Hausaufgaben in Mathematik waren fragmentarisch geblieben, weil sie die Rechnungswege nicht verstanden hatte. Sobald sie sich an eine Aufgabe setzte, dröhnte die metallische Stimme von Krockhaupt durch ihre Hirnwindungen und verdrängte jede systematische Überlegung.

Clara hatte Angst vor diesem Mann, aber noch mehr kämpfte sie mit einem schlechten Gewissen, weil es ihr einfach nicht gelang, die Hausaufgaben zu erledigen.

»Er wird mich fertigmachen«, war sie sich sicher, während sie zur Tafel schlich.

Krockhaupt hatte inzwischen eine Aufgabe an die Tafel geschrieben.

»Zeig uns mal, wie du sie löst!«

Die Aufgabe war nicht allzu schwer, soviel begriff Clara. Eine Gleichung. Sie begann mit dem ersten Schritt zur Auflösung.

»Halt!«, schepperte Krockhaupt, »so kannst du nicht anfangen. Mädchen, wenn ich nicht wüsste, dass du in den anderen Fächern ganz passable Noten hast, dann würde ich meinen, du bist dumm. Aber müssen Frauen überhaupt rechnen können? Höchstens wenn sie shoppen. Sonst könnt ihr das getrost den Männern überlassen.«

Clara biss sich auf die Unterlippe: Dieser Arsch!

»Setz' dich bloß wieder hin und verschone uns in Zukunft mit deiner Ignoranz. Es heißt ja auch die Ignoranz

Clara stand vor der Klasse, unfähig sich zu bewegen. Jetzt nur nicht auch noch weinen, dachte sie und spürte bereits, wie ihr die Tränen heiß die Wangen hinunterliefen.

»Jetzt weint sie auch noch!« Krockhaupts Stimme überschlug sich fast vor Empörung.

»Du glaubst wohl, wenn du hier auf Heulsuse machst, dann gebe ich dir doch noch die Vier, was? Jetzt setz' dich endlich auf deinen Platz, dass wir deinen Anblick nicht noch länger ertragen müssen.«

Irgendetwas in Claras Kopf blitzte wie bei einem Kurzschluss. Eine kalte, stechende Wut stieg in ihr hoch.

»Sie können nicht erklären«, hörte sich Clara sagen und gleichzeitig schien sie sowohl in ihrem Körper als auch ein paar Schritte von sich entfernt zu sein, als blicke sie von einem leicht erhöhten Standpunkt auf die Szene.

»Sie sind ein schlechter Lehrer und deshalb verstehe ich nichts; das hat mit Mädchensein nichts zu tun.«

Dann durchschritt Clara würdevoll den Gang und setzte sich wieder an ihren Platz.

Keiner rührte sich, alle starrten wie gebannt auf Krockhaupt.

Gleich würde er losdonnern mit seiner eigenartig blechernen Stimme. Spucketropfen würden auf Clara niederregnen und mit hochrotem Kopf würde er ihr verkünden, dass es jetzt zwei Sechsen gäbe, eine für Dummheit und die andere für Frechheit. So war das bisher geschehen, wenn jemand es gewagt hatte, sich gegen Krockhaupt aufzulehnen.

Aber Krockhaupt blieb stumm. Er schluckte, griff sich die Kreide und malte den Lösungsweg der Gleichung an die Tafel, als wäre nichts geschehen. Fast versunken in seine Tätigkeit hatte das Gleiten der Kreide etwas Meditatives, als wäre die Schönheit einer aufgehenden Gleichung in der Mathematik etwas, in dem Krockhaupt Trost finden würde.

Er hatte nicht immer als Lehrer gearbeitet. Er war in der Industrie tätig gewesen, aber weil es so wenige Mathematiklehrer gab, hatte man ihn in den Gymnasialdienst gelockt und eingestellt, als Notnagel gewissermaßen.

Den Rest des Schuljahres wurde Clara von Krockhaupt nicht wieder angegriffen.

Sie verstand weiterhin wenig von seinen Erklärungen.

Als die kleine, rundliche Frau Wilmer schließlich in der zehnten Klasse Mathematik übernahm, änderten sich Claras Noten schlagartig.

»Fragt einfach alles, was euch einfällt«, hatte sie gleich zu Beginn gesagt und fuhr fort: »Ich mag es, wenn man mich fragt. Wenn ihr etwas nicht verstanden habt, dann ist das meine Verantwortung, weil ich es nicht richtig erklärt habe.«

Clara hat nicht Mathematik studiert, aber sie wurde Kinderärztin. Hin und wieder kamen Kinder mit unerklärlichen Schmerzen in ihre Sprechstunde und die besorgten Eltern wollten wissen, was dem Kind denn eigentlich fehle. Clara fragte dann unter anderem nach den Lehrern in der Schule. Denn Krockhaupts gibt es immer noch, selbst nach so vielen Jahren. Manchmal, besonders wenn ein Mädchen zu ihr sagte, dass sie Mathematik einfach nicht verstehe, dann erzählte sie von Krockhaupt und von Frau Wilmer.

TANZWUT

Als Mädchen
zertanzt
Rhythmus schlagend
dem Herzen
die feinen Häute abgezogen

Pocht es heute
auf Gerechtigkeit
zertritt
die Geduld
die Macht gibt
völlig taktlos
stampfe wild
aus der Reihe
haue auf die Pauke
im ureigensten
Trommelpuls

Snowflakes

Gemächlich beginne ich Kristalle zu bilden, Schicht für Schicht, auf immer neue, kunstvolle, poetische Weise bis zur Vollendung. Ich bin eine Schneeflocke. Wohin es mich treibt, woher ich stamme – ich weiß es nicht. Ich falle aus der eisigen Atmosphäre, aus der tiefen Kälte des Himmels, der sich weit über alles spannt.

Ich komme aus 186 Grad minus. Auf meinen Empfang habe ich lange gewartet, mir wurde ein großer Auftritt in Aussicht gestellt. Die ganze Zeit hatte ich Angst, vielleicht nie starten zu können und befürchtete, ewig in dieser kalten Wolke ausharren zu müssen. Ich war erstarrt; es gab mich ja kaum, zudem hätte man mich jederzeit auftauen und wegspülen können. Leben wollte ich, mich bemerkbar machen, aber in diesem katatonen Zustand hat mich niemand wahrgenommen. Leben dort draußen, mit den anderen, die von Anfang an warm und geborgen beginnen, die normal sind, die ihre Herkunft kennen. Und mit denen, die wie ich sind und ihre Wurzeln nicht kennen.

Ich habe Geschwister, die leben bei ihren Eltern. Ich habe keine Geschwister und lebe bei meinen Eltern.

Im Reagenzglas wurde ich gezeugt. In einer Petrischale entwickelt. Mein Vater ist blond, meine Mutter schwarzhaarig, ich werde blaue Augen haben, wenn ich angekommen bin, wenn mein Flug vollzogen ist. Ich gleite in den Abendhimmel hinab, schwebe lautlos in einem Meer von Dunkelheit, hell bin ich und schön. Jeder von uns ist einmalig, denn alle Schneeflocken unterscheiden sich ein wenig: Es gibt die zarten, feinen, von einer filigranen Durchlässigkeit, es gibt kugelige, die sich gern mit anderen zusammenfinden und die Neigung haben, zu verklumpen. Es gibt längliche, spinnenfömige, eisblumenartige, kastige, wellenförmige Schneeflocken.

Ich werde rote Haare haben und, wie bereits gesagt, blaue Augen.

Meine Mutter hat grüne Augen, mein Vater braune. Meine Eltern haben beide blaue Augen.

Vielleicht möchte ich meine blaue Abstammung kennenlernen, später, aber im Moment möchte ich nur fliegen, in diesem luftigen Winterhimmel, dem Frost entronnen, aufgeblüht zur Schneeflocke. Ich habe die Chance bekommen, zu fliegen. Ich kann euch nicht sagen, was ich daraus machen werde. Ihr denkt schon an meine Zukunft, macht euch Sorgen, ob ich nur erschaffen wurde, um zu schmelzen, ob ich auf einer stark befahrenen Straße landen werde, zermatscht in unschönes Graubraun, ob ich in einem tiefen Bergsee verschwinden werde, lautlos, mich zu meinen Freunden geselle, den Wassertropfen. Oder ob ich ewig leben werde, als Teil eines erhabenen Gletschers, grünblau schimmernd, zu geheimnisvollen Eiskratern gewachsen auf Eiger, Mönch und Jungfrau. Vielleicht werde ich ein Teil eines Schneeballes werden, die Flocke, die die Lawine auslöst, vielleicht schmelze ich, bevor ich zur Erde gelange.

Ich denke nicht weiter darüber nach, möchte nur das Fallen genießen. Auch nicht mehr an das Vorher denken, einfach nur Sein und mich freuen, dass mir die Möglichkeiten offenstehen. Ich bin gespannt auf mein Leben, auf meine Welt und taumle vor Glück, befreit zu sein.

Meine Brüder und Schwestern harren noch aus in dem eisigen Gefäß hinter Panzertüren, sie leben und sind tot zugleich. Es schüttelt mich, wenn ich daran denke, welch ein Zufall es war, fliegen zu dürfen.

Glaubt ihr, ihr habt in den göttlichen Plan eingegriffen? Glaubt ihr, die Götter ungnädig zu stimmen, weil sie sich für mich entschieden haben? Denkt ihr, man hätte uns gar nicht erst erschaffen dürfen?

Gottes Plan und Gottes Wille durchkreuzend? Sich anmaßen, selbst Gott zu spielen?

Das macht ihr doch den ganzen Tag! Ihr entscheidet, zur Arbeit zu gehen, fünf Minuten früher oder später als sonst. Heute oder morgen verliebt ihr euch, entscheidet, jetzt zusammen zu schlafen, nicht am nächsten Tag.

Den Blick in die Sonne gerichtet wundert es euch, dass ihr nichts seht.

Ihr vergesst eine Pille oder vertragt ein Essen nicht, lasst es in eurer Lust darauf ankommen. Zu Recht! Keine übergeordnete Macht hat hier einen Plan. Und wenn doch, dann hält sich ein göttlicher Plan kaum an Nebensächlichkeiten auf. So naiv wird Gott nicht sein, oder? Das wäre eine Beleidigung für ihn, finde ich.

Ich segle im Wind und nähere mich der Erde, ich sehe sie, wie wunderschön sie ist. Sie strahlt eine erhabene Gelassenheit aus, viele Lichter funkeln und blitzen, es gibt auch dunkle Flecken, ruhige Wälder, schimmernde, weite Wasser. Sie träumt vor sich hin, die Erde, geborgen im Weltall, ich kann nach oben sehen, ich kam ja von dort und ich sehe nach unten. Wie liebevoll alles angeordnet ist. Ich freue mich schon auf meine Landung.

Allerdings schmerzt es mich, dass ich meine Brüder und Schwestern zurücklassen musste. Ich hätte sie gern mitgenommen und kennengelernt. Das Schicksal werde ich mit euch Normalen teilen. Wir werden uns dort unten auf der Erde hoffentlich entschließen, auf eine andere Art Brüder und Schwestern zu werden, unabhängig von unserer Herkunft. Das wäre ein schönes Ziel.

Immer näher kommt die Welt. Ich lande etwas unsanft, aber heil. Ich bin auf einer Lichtung angekommen, umgeben von vielen anderen Schneeflocken, ich darf leben, ich habe sehr viel Glück gehabt. Dankbarkeit wird mein Leben begleiten und Lust auf euch, auf alle, egal welcher Abstammung ihr seid, welche Eltern ihr habt oder nicht habt, wo ihr gelandet seid, Hauptsache, ihr nutzt eure Chance!

(Dieser Text handelt von Kindern, die als Embryonen ihren sozialen Müttern eingesetzt werden, Spenden unbekannter biologischer Eltern, damit unfruchtbare Paare Eltern werden können. Man nennt diese Kinder Snowflakes)

KLEMENS

Die Glocken der kleinen Dorfkirche läuten den Abend ein, sie klingen etwas scheppernd. Vielleicht werden sie nur vom Band abgespielt. Ein Auto fährt langsam vorbei und hält an. Kinder lachen ganz in der Nähe. Der mahnende Ruf des Vaters dringt durch das offene Fenster und vermischt sich mit einer hellen Mädchenstimme, die freudig ihre nach Hause kommende Mutter begrüßt.

Mit der Abendstimmung tauchen Bilder meiner Kindheit auf.

Ich bin neun Jahre und spiele mit meinem gleichaltrigen Freund Klemens draußen. Wir halten uns meist in der Natur auf, seine Familie ist mir nicht geheuer. Bei uns sind wir auch selten.

Die Nachmittagssonne leuchtet hell, und wir radeln einen wilden Parcours um die Pfützen des sandigen Weges, der sich an den spärlich bebauten, weitläufigen Grundstücken vorbeischlängelt. In den Wasserlachen spiegeln sich unsere Kindergesichter. Meine kurzen, von der Sonne weiß geblichenen Haare, große neugierige Augen, versprenkelte Sommersprossen. Seine radikal geschorenen, dunkelblonden Haare, ein feines Gesicht. Unsere Räder sind kirschrot; wir haben die Farbe abgesprochen.

Beste Freunde. Eigentlich gibt es sonst niemanden. Die anderen Kinder aus der Nachbarschaft verblassen in meiner Erinnerung, bleiben schemenhaft. Einmal fesselten wir einen Jungen am Marterpfahl und vergaßen ihn über Mittag loszubinden. Seine Mutter erschien empört bei uns an der Haustür. Der Junge spielte nie wieder mit uns, und wir vermissten ihn auch nicht.

Klemens. Wir sind einander sicher, ohne es auszusprechen. Niemand kann uns trennen. Wir sind wie Luft und Erde, gehören zusammen. Unser Spiel spannen wir meist zwischen den Häusern, in denen wir wohnen; uns trennen nur wenige Minuten.

Bei vielen Dingen gibt es eine Synchronisation zwischen uns, die uns nie überrascht, es ist einfach so: Oft sind wir zeitgleich fertig mit den Hausaufgaben, wir treffen uns ohne verabredeten Zeitpunkt für den gemeinsamen Schulweg, haben die gleichen Spielideen; schnelle, wilde Jungenspiele.

Wir klettern auf die hellen Birken oder auf die kratzige Lärche bei uns im Garten, die Bäume sind hoch wie der Himmel und wir schaukeln außer Rand und Band in ihren Wipfeln, klammern uns fest wie zwei Äffchen. Wir lachen vor Glück.

Ein schönes Paar sind wir, besitzen schnelle, durchtrainierte Körper, in den Augen glänzen Lichter. Wir sind Indianer und Wegelagerer, Meister im Verstecken und Finden. Wir bewahren Geheimnisse, verstecken Schätze, kriechen auf allen Vieren durch Brennesselbewuchs. Richten unser Haus in dem Hohlraum unter der Brücke am Fluss ein, können uns aufeinander verlassen.

Seit vier Jahren sitzen wir in der Schule nebeneinander, seit dem ersten Schultag. Der Lehrer versucht uns auseinanderzusetzen, als wir zu viel reden – er muss uns wieder zusammensetzen, weil unser Weinen ihn noch mehr stört.

Nach ein paar langen Regentagen im Februar rennen wir endlich wieder in den nahegelegenen Wald, ungestüm, übermütig, die ersten Frühlingsstrahlen auf der blassen Haut. Wir laufen schnell, genießen die Kraft in unseren Körpern und die Lust an der Bewegung. Die lange Eichenallee sprinten wir hinauf, die Sonne blitzt im Rhythmus der Bäume, das große Maisfeld zur rechten Seite lassen wir liegen, bis wir den dunklen Waldsaum erreichen, der geheimnisvolle Wege unter dem Dickicht von Farnen und Gestrüpp verbirgt, und tauchen durch die Äste, die sich wie freundliche Arme um uns schlingen.

Den zerlumpten Mann entdecken wir am alten, verfallenen Haus; das Dach schon offen zum Himmel. Wir nähern uns vorsichtig dem faltigen, in viele Schichten gehüllten Menschen. Er lacht und winkt uns herbei. Dann bietet er uns an, uns dazuzusetzen, er hat ein kleines Feuer entfacht, teilt sein Brot mit uns.

»Kalle«, brummt er. »Ich heiße Kalle. Und das ist Popper, mein Hund, benannt nach Sir Karl Popper, einem berühmten Philosophen.«

Kalle sieht in unsere ratlosen Gesichter.

»Ein Philosoph ist einer, der viel nachdenkt. Popper denkt sehr viel nach. Er ist ein wenig faul und nicht bereit, Stöcken hinterher zu jagen, er hält das für unter seiner Würde.«

Popper, ein schwarzes, sehr felliges Riesentier trottet auf uns zu und legt sich schwer schnaufend auf unsere Füße, wie um uns zu zeigen, wie wenig er einerseits gewillt ist, umherzulaufen und wie angenehm er andererseits unseren Besuch findet. Klemens streichelt seinen Rücken, ich seinen Kopf.

Dann setzt Kalle die leicht verrostete Mundharmonika an die Stelle, wo in seinem struppigen Bart der Mund zu vermuten ist und spielt eine kleine, freche Melodie.

Klemens und ich klatschen.

»Danke«, sagt Kalle und deutet mit einem Kopfnicken eine Verbeugung in unsere Richtung an.

Anschließend spielt er eine ruhige, sehnsüchtige Melodie, der wir fasziniert lauschen. Es klingt ein wenig orientalisch, fremdartig. Popper seufzt ergriffen und legt seinen schweren Kopf in meinen Schoß. Er schließt die Augen, und ich kraule ihn hinter den Ohren, da fühlt er sich zart an.

Kalle lässt das Lied ausklingen, dann lächelt er uns an und zeigt dabei eine Zahnlücke.

»Warum hast du nicht alle Zähne?«, fragt Klemens. Ich knuffe ihn in die Seite, will es aber auch wissen.

»Zum Pfeifen«, lacht er und schmettert aus dieser Lücke eine ziemlich wilde Tonfolge.

Wir lachen und versuchen auch zu pfeifen. Es klingt unbeholfen gegenüber der Kunstfertigkeit von Kalle.

»Ich zeige euch noch was«, sagt er und pfeift »Happy Birthday to you«.

»Das ist nichts Besonderes«, kommentiere ich enttäuscht.

»So, kleines Fräulein«, grinst Kalle, »pass mal auf: Jetzt spiele ich die Melodie rückwärts!«

Er pfeift und es klingt völlig anders, aber es sind tatsächlich die gleichen Töne in umgekehrter Reihenfolge.

»Super«, rufen Klemens und ich wie aus einem Munde. Wir dürfen uns noch andere Lieder wünschen: Kalle kann sie tatsächlich alle vorwärts und rückwärts spielen.

Dann wird er sehr ruhig. »Ich war mal reich«, sagt er schließlich, »ich besaß einen sehr gut gehenden Treppenbaubetrieb. Aber ich habe zu viel Alkohol getrunken und alles ging den Bach runter. Ich bin selbst schuld, dass es so weit mit mir gekommen ist. Aber die Freunde, die ich hatte, entpuppten sich als Freunde in guten Tagen, sie haben mir alle den Rücken zugekehrt, als es mir richtig dreckig ging. Jetzt habe ich nicht mehr gern etwas mit Menschen zu tun. Nur wenn ich Nachschub brauche oder etwas Essbares, spiele ich Mundharmonika in den Fußgängerzonen. Das Geld reicht mir meist für eine längere Zeit, ich brauche nicht viel. Am liebsten bin ich allein.«

Betreten sehen wir zu Boden.

»Aber bei Kindern ist es etwas anderes«, sagt er freundlich, »die haben mich noch nie enttäuscht. Sie sind ehrlich und direkt, damit komme ich besser zurecht als mit der Verlogenheit der Erwachsenen.«

»Aber meine Mutter und mein Vater lügen nicht«, verteidige ich meine Eltern. Klemens nickt, aber er sieht nicht ganz so überzeugt aus wie ich, denn sein Vater hat eine wirklich seltsame Art, vor der ich manchmal Angst habe. Er ist Jäger und züchtet Frettchen, um sie in den Bau von Tieren zu jagen, redet wenig und obwohl er mir nichts Böses sagt, habe ich immer das Gefühl, nicht willkommen zu sein.

Kalle nimmt einen großen Schluck aus einer Flasche mit einer durchsichtigen Flüssigkeit. Popper schüttelt sich und nähert sich Kalle, der ein wenig von dem Schnaps aus der Flasche in seine hohle Hand gießt. Popper schlabbert geräuschvoll über die Handinnenfläche und legt sich zufrieden zu Kalle, noch ein paarmal leckt er mit seiner großen, roten Zunge genießerisch über seine schwarze Schnauze.

Kalle lacht, als er unsere verdutzten Gesichter sieht: »Wie der Herr, so das Gescherr«, sagt er und legt sich auf seinen Schlafsack, der von mehreren Mülltüten unterlegt ist.

»Bringt mir beim nächsten Mal etwas zu essen mit«, grunzt er, dann hören wir nur noch ein regelmäßiges Schnarchen.

Die Vorstellung ist vorüber.

Wir können den nächsten Tag kaum abwarten und ich stehle heimlich ein paar Lebensmittel aus der Vorratskammer. Fischkonserven, eingemachte Pflaumen, Gurkengläser, Dosenwurst: Alles ist in üppiger Weise bei uns bevorratet; niemand wird das Verschwinden bemerken.

Stolz zeigen wir Kalle unsere Beute, als wir nach den Hausaufgaben zu ihm hinüberlaufen. Der ist gerade dabei, Popper ein Kunststück beizubringen. Er soll sich, bevor er eine Leckerei bekommt, auf den Rücken legen und ganz still ausharren. Ein bisschen wie Toter Mann im Wasser, denke ich. Popper hält es nicht lange auf dem Rücken aus.

Wir lachen und Kalle erklärt uns:

»Die Menschen mögen Popper lieber als mich, sie spenden mir viel mehr, wenn er ein Kunststück vollführt und wollen, dass er ausreichend Futter erhält. Ohne ihn wäre ich aufgeschmissen.« Er fährt Popper anerkennend über den Kopf.

Dann begutachtet er das Essen. »Das habt ihr fein gemacht«, sagt Kalle, »dann brauche ich nicht unter die Leute zu gehen.«

Wir kommen von da ab jeden Tag und ich versorge den Landstreicher und seinen Hund mit Essen und Trinken aus unserer Vorratskammer. Klemens kann nichts mitbringen, seine Eltern hätten den Diebstahl sofort bemerkt. Ich lasse sogar eine Schnapsflasche mitgehen, von denen sich ebenfalls genügend bei uns tummeln, weil meine Eltern kaum Schnaps trinken und die alljährlichen Gaben diverser Feste in den tiefen Kellerregalen gehortet werden. Klemens möchte nicht, dass ich den Alkohol mitbringe.

»Du siehst doch, wie komisch Kalle wird«, sagt er wütend und ich finde, dass mein Freund sich zu sehr aufregt. Aber erst als ich verspreche, keinen weiteren Schnaps mitzubringen, beruhigt er sich etwas.

Popper liebt unsere Besuche. Er sucht uns ab nach Wurststücken und leckt unsere dünnen Beine. Wir versuchen ihm beizubringen, dass er Pfötchen gibt, aber Popper will das nicht lernen. Jedenfalls nicht von uns. Setzen wir uns, kommt er immer ganz nah, oft drängt er sich sogar zwischen uns. Sein Fell riecht nach Nähe, und wir vergraben uns mit den Händen darin. Manchmal treffen sich unsere Hände in den dichten Haaren und wir halten uns einen Moment fest.

Ab und zu erzählt Kalle auch wirres Zeug, er brabbelt vor sich hin, besonders, wenn er getrunken hat.

»Lass uns verschwinden«, drängt Klemens dann nervös. »Vielleicht geht es nachher wieder«, antworte ich hoffnungsvoll. Aber wir bleiben nicht lange, Klemens will lieber mit mir Fußball spielen und zieht mich mit sich. Hat Kalle einen guten Tag, dann erzählt er zusammenhängende, aber eigentümliche Geschichten, die wir halb glauben und halb auch nicht.

»Einmal habe ich ein seltsames Erlebnis gehabt«, fängt Kalle meist an. »Ich sitze am Ufer eines kleine Baches und beobachte einen Schmetterling, genauer gesagt, ein Prachtexemplar von einem Admiral: Braun um den Mottenkörper herum, am Flügelschwanz orange mit braunen Tupfern, fein säuberlich immer vier Tupfer auf jeder Seite, einen zarten weißen Flügelrand, die Bögen markiert mit braunen Sprenkeln, orange auch die Flügelspitzen, darin weiße Kleckse, wie zufällig, aber doch links und rechts völlig gleich verteilt.«

Wenn Kalle erzählt, sehe ich die Dinge vor mir.

»Dieser stattliche Admiral hatte einen weiten Weg hinter sich«, erklärt Kalle, »er hat mehrere tausend Kilometer überwunden, kommt aus dem warmen Süden. Wie Zugvögel ist er über die Alpen geflogen. Ungeheure Strapazen hat der kleine Körper überlebt. Oft sind die Schmetterlinge danach völlig ausgemergelt und die Flügel zerschunden. Nicht so dieses Exemplar, der Admiral sieht aus wie frisch geschlüpft, und anstelle seiner oft nur fünf Zentimeter großen Verwandten ist dieser Falter mit einer Flügelspannweite von mindestens zehn Zentimetern ausgestattet.

Geradezu aufdringlich glitzert sein mottenartiger Körper und bei näherem Hinsehen entdecke ich, warum. Ein Diamant ist an dem Tier befestigt. Ja, ihr habt richtig gehört – ein Diamant. Ich habe den Admiral gefangen und in ein Glas gesperrt, so wie das Gurkenglas hier. In aller Ruhe habe ich dann das Tier mit dem wertvollen Stein betrachtet.«

Klemens sieht mich skeptisch an. Ich nicke ihm zu, denn ich will diese Geschichte hören. Etwas unwillig schüttelt Klemens den Kopf. Wir bleiben trotzdem.

»Es ist völlig schleierhaft, wie der Diamant in das Tier hineingekommen ist. Wie es überhaupt damit fliegen kann. Ich will natürlich den Diamanten aus dem Tier entfernen, denn ich brauche dringend Geld. Aber ich zögere und beschließe zunächst noch zu warten. Am nächsten Tag, in der frühen Morgensonne glitzert der Diamant noch stärker als am Vortag.«

Kalle nimmt einen Schluck aus der Schnapsflasche; er wischt sich mit dem Ärmel über den Mund.

»Was hast du gemacht?«, frage ich gebannt.

»Mir wurde plötzlich bewusst, dass ich den hübschen Schmetterling töten müsste, wenn ich den Diamanten besitzen wollte. Ich sagte ihm das, aber er blieb ganz ruhig in seinem Glas, vielleicht ein wenig erschöpft; ein Mangel an Sauerstoff wahrscheinlich. Seine zarten Fühler betasteten den Glasrand, sanft, seidig, langsam, Millimeter für Millimeter; er kann nicht fassen, dass die Luft erstarrt ist. Müde öffnet er seine bunten Flügel und kann doch nicht abheben. Er schließt sie wieder, die Fühler senken sich zu Boden. Da habe ich den Deckel des Glases geöffnet. Er tastet sich vorsichtig empor, hält noch einen Moment inne, wie nach einem schrecklichen Traum und fliegt dann mit einer kleinen Aufwärtsbewegung davon.«

Ich lächle Kalle bewundernd zu.

»Du hast auf den Diamanten verzichtet?«, fragt Klemens ungläubig.

»Ja, es war wichtiger für mich, ihn wieder fliegen zu sehen.«

Popper leckt uns die Hände, wir springen auf, es ist spät geworden.

»Ich glaube ihm kein Wort«, sagt Klemens auf dem Heimweg zu mir, »der spinnt doch!«

»Vielleicht war es doch so«, sage ich.

Wir schweigen eine Weile und durch unser Schweigen fliegt der Schmetterling.

Am nächsten Tag sind Kalle und Popper weitergezogen. Am alten Haus leuchtet der Himmel durch das Dach und ein altes Gurkenglas, ein paar Dosen und die seltsame Gewissheit einer wahren Lüge bleiben zurück.

Klemens und ich spielen noch bis zum Ende der Grundschulzeit fast jeden Tag zusammen. Aber nach der Geschichte mit Kalle ist es anders zwischen uns beiden. Wir laufen häufiger getrennt zur Schule. Ein Mädchen aus meiner Klasse kommt auf mich zu und wir lachen viel.

Nach den Sommerferien wechseln wir die Schule. Die neue Freundin nimmt Klemens' Platz ein.

Das passiert ohne Bedauern, wie selbstverständlich. Ich kann mich nicht an den letzten Tag mit Klemens erinnern. Ich weiß nicht mehr, mit welchen schalen Worten ich den Freund abweise. Seine Schönheit zerfällt vor meinen Augen.

Eine Freundin finden

Ist wie einen Wiedehopf zu entdecken
Eine gute Freundin zu finden
Ist wie zweimal hintereinander
Einen Wiedehopf zu entdecken

Praktisch unmöglich
Aber passiert

Kullertränenlachen
Über ungeschminkte Gesichter
Deine ehrliche Haut
voller Narben
Meine verletzlich

Fühle mich sicher
Neben Dir
Biete Dir
Geleit an

Papierlöwen

Vater fluchte leise über den Baumständer gebeugt und versuchte, die üppige Tanne in den schmalen Fuß zu pressen. Wie jedes Jahr drohte er augenzwinkernd an, im nächsten Jahr einen Plastikbaum mit passendem Fuß und fertig geschmückt zu kaufen.

Meine Mutter hantierte in der Küche, am Heiligen Abend gab es viele kleine Delikatessen: Krebsschwänze, Kaviarersatz, duftende selbstgebackene Hefebrötchen. Seit einiger Zeit klangen die bekannten Weihnachtslieder durch das Haus: Lustig, lustig, trallalala schon seit Wochen, nun auch Stille Nacht, Heilige Nacht.

Mein älterer Bruder Oliver und ich zogen uns in unsere Zimmer zurück, um die Geschenke zu verpacken. In diesem Jahr hatte ich die Ansicht des Marktplatzes unserer kleinen Stadt zur Jahrhundertwende in Öl verewigt, es sah gar nicht so schlecht aus.

Für meinen Bruder hatte ich ein dunkelblaues T-Shirt seiner Lieblingsmarke erstanden, er hatte sich ein paarmal bitter beschwert, weil ich seine Kleider ab und zu auslieh – zugegeben, ohne zu fragen. Auf die T-Shirt-Verpackung schrieb ich: Damit ich mal wieder etwas Neues zum Ausleihen habe.

Bald würden wir in den Gottesdienst gehen. Wir waren dem vergnüglichen Kindergottesdienst entwachsen und besuchten seit einigen Jahren die Predigt am frühen Abend.

»Seit dem Zwanzigsten geht es wieder bergauf«, freute sich mein Vater wie immer in dieser Zeit. Die Dunkelheit hatte den roten Dezemberhimmel aber schon besiegt.

Zum Glück gibt es Weihnachten, dachte ich, das hat sich unsere Religion zum Trost ausgedacht. Ich kleidete mich festlich: schwarze Samthose, spitz zugeschnittene Stiefeletten, die hellrote Bluse mit dem hochstehenden Kragen brachten die langen blonden Haare gut zur Geltung. Dazu würde ich meinen kurzen, anthrazitfarbenen Mantel anziehen. Zufrieden betrachtete ich mich im Spiegel.

Vater würde nicht mitkommen, sein Glaube war in den Jahren als Soldat im Zweiten Weltkrieg verloren gegangen. Im Grunde war auch meine Mutter nicht gläubig, sie legte aber Wert auf Traditionen und genoss die meditative Stimmung im Gottesdienst. Bei meinem Bruder Oliver und mir war es ambivalent, mal siegte der Glaube, mal die Skepsis. An Weihnachten waren wir beide mehr geneigt, an eine übergeordnete Macht zu glauben.

Im Eingangsbereich unseres kleinen Einfamilienhauses brannte zufrieden das Feuer im Kamin. Trotz unseres jugendlichen Alters wurde die Wohnzimmertür versperrt, die bunt verpackten Geschenke warteten geheimnisvoll unter Decken und etwas von der feierlichen, aufgeregten Stimmung aus Kindertagen stellte sich wieder ein. Ich wartete mit Blick in die Flammen auf meine Mutter und Oliver.

Laute Stimmen drangen aus dem oberen Stockwerk. Mit erregter Stimme rief meine Mutter: »Das willst du doch nicht anziehen!«

Oliver antwortete gefasst: »Natürlich will ich das. Warum denn nicht?«

Mutter rang mühsam um Gelassenheit: »Weil das eine dünne Papierjacke mit einem riesengroßen, knallbunten Bild auf dem Rücken ist. Weder warm genug noch passend für Weihnachten!«

Mein Bruder konterte genervt: »Sie gefällt mir aber und ich bin schließlich derjenige, der frieren muss. Wir fahren doch mit dem Auto, das kleine Stück zu Fuß zur Kirche wird nicht schlimm sein. Lass' das mal meine Sache sein!«

Mutter schraubte die Stimmlage hoch: »Was denken denn die Leute! Du siehst unmöglich aus, die langen Haare, der Bart und dann diese Papierjacke. Was ist da eigentlich hinten drauf? Ein brüllender Löwe! Das sieht furchtbar aus!«

Mit listigem Unterton konterte Oliver: »Uns kennt da sowieso keiner, weil wir sonst nie in die Kirche gehen!«

Mutter ließ sich von dem Seitenhieb nicht irritieren, sie schoss zurück: »Du kannst ja unterm Jahr auch gern allein in die Kirche gehen, wenn du meinst. Du machst doch auch sonst, was du willst! Außerdem: Das denkst du, dass uns da niemand kennt. Johannsens sind dort, auch wichtige Kunden deines Vaters, die ganzen Kollegen, Sportsfreunde, Leute, die ich von früher kenne, Handwerker, die bei uns arbeiten ... Du ziehst eine andere Jacke an und damit basta!«

Basta war kein gutes Wort für meinen Bruder, ein Wort, welches Türen schloss, Denken und guten Willen dahinter einsperrte.

Mein Bruder antwortete entschlossen: »Nein, das sehe ich gar nicht ein, entweder ich komme in dieser Jacke mit oder gar nicht!«

Jetzt eilte Vater nach oben, der sich immer für Frieden und Harmonie untereinander einsetzte. Vater war der friedlichste Mensch, den ich kannte. Vielleicht konnte er nach den vielen Kriegsjahren nicht anders.

»Lass den Jungen doch mit der Jacke laufen. Oder er kann bei mir zu Hause bleiben und mir helfen, alles vorzubereiten. Ich könnte gut etwas Hilfe brauchen.«

Wahrscheinlich dachte er dabei an den Weihnachtsbaum, der noch nicht fertig aufgestellt war.

Die Jacke meines Bruders war ein von mir begehrtes Kleidungsstück, welches ich mir ab und zu auslieh. Heftigen Ärger hatte es deswegen zwischen uns gegeben. Eine sehr dünne, weiße Jacke aus einem papierähnlichen Material, mit kurzen Strickbündchen, ballonartig geschnitten, ein breiter, weißer Plastikreißverschluss. Auf dem Rücken prangte das Abbild eines großen Löwen, der sein Maul weit aufriss.

Ich fand die Jacke auch unpassend zum Weihnachtsgottesdienst. Aber es war mir egal, wie mein Bruder dort angezogen war. Meine Mutter war doch sonst nicht so! Es war seine Angelegenheit, wie er aussah!

Im Alltag waren solche Dialoge in jener Zeit an der Tagesordnung gewesen. Ich sehnte mich nach Frieden, nach Weihnachten eben: Das Fest der Wunder und der Erfüllung langersehnter Wünsche.

»Können wir jetzt gehen, es ist schon spät!«, rief ich nach oben, um die Lösung des Konfliktes auf diese Weise voranzutreiben.

»Halt du dich da raus!«, schallte es mehrstimmig herunter.

Mutter: »Mit dieser Jacke gehe ich nicht in den Gottesdienst!«

Bruder: »Du musst sie ja auch gar nicht anziehen!«

Vater: »Tu doch deiner Mutter den Gefallen und zieh die Jacke aus.«

Bruder: »Nein, das sehe ich gar nicht ein.«

Ich: »Wir müssen los, wenn wir noch einen Platz in der Kirche finden wollen.«

Bruder: »Ich kann stehen! Bei euch will ich auch gar nicht sitzen.«

Mutter: »Dann brauchen wir auch nicht in die Kirche zu gehen.«

Schweigen.

Dann redeten wieder alle durcheinander: Jetzt zieh doch eine andere Jacke an! Worum geht es hier eigentlich? Von mir aus kann Oliver auch woanders sitzen, dann merkt keiner, dass er zu uns gehört … Jetzt nehmt doch mal Vernunft an. Misch dich nicht dauernd ein! Denkt doch mal an Weihnachten!

Stille.

Wir waren im Gottesdienst, jeder an einem anderen Platz. Meine Mutter saß bei Johannsens in der zweiten Reihe. Ich hatte mich in das Seitenschiff gequetscht und mein Bruder war mitsamt brüllendem Löwen auf die Empore bei der Orgel entschwunden.

Oh, du fröhliche, Oh, du selige ... zwischen ein paar Tränen sah ich verschwommen ein paar Reihen vor mir eine blousonartige Jacke mit einem Löwenaufdruck. Wie war mein Bruder dahin gelangt? Ich drehte mich zur Empore hoch: Nein, da saß er, mit einem verrutschten Grinsen blickte er mich an, es ging ihm auch nicht gut.

Aber wer war das denn da vorne?

Jetzt sah ich auch am Rand außen einen Löwen brüllen.

Und noch einen, weiter links.

Ungläubig zählte ich etwa sieben Papierraubkatzen.

Der Pastor war inzwischen am Ende der Predigt angelangt: »Zu guter Letzt möchte ich Sie noch um etwas bitten: Unsere Jugenddiakonie hat sich zum diesjährigen Weihnachtsfest etwas Besonderes überlegt: Die Jugendlichen möchten ein Projekt in Brasilien unterstützen, bei denen Straßenkinder eine sinnvolle Aufgabe finden: Sie produzieren Papierjacken, die hier in Deutschland unter Jugendlichen reißenden Absatz finden. Zwar sind sie nicht besonders warm, aber sie werden von allen jungen Leuten gern getragen. Die Jugendlichen haben im Eingangsbereich der Kirche heute einen Stand aufgebaut, vielleicht fehlt Ihnen noch ein schönes Weihnachtsgeschenk für Ihre Kinder oder Sie möchten einfach etwas Gutes tun. Ich selbst habe auch schon eine solche Jacke.«

Sieben junge Leute in Papierjacken standen auf und strebten dem Verkaufstisch am Ausgang zu.

Dort erstand meine Mutter wortlos drei Exemplare.

Wenig später saßen wir in Papierjacken gehüllt und versöhnt unter dem leicht schief stehenden Weihnachtsbaum.

Platzsuche

Stabhochsprung

Ein Mann betritt den Steg
Sein Lied ertönt
Die Menge trägt
Den Rhythmus

Er richtet letzte Millimeter
Entschlossenheit
Fixiert 5 Meter einundsiebzig
Den Blick nach Innen
Peitscht der Rhythmus
Kraftvoll läuft rennt sprintet
Den Stab voran
Viel länger als der ganze Mann
Platziert
Fliegt
Ichgelöst

Stummes Fokussieren
Zittert
Bleibt

Seufzen und entspanntes Klatschen
Der Mann versinkt
Befreit
Im Mattensee
Um aufzuspringen

Gewachsen
In Sekunden
Er sieht so anders aus

Ein Denkmal fast

Ein Augenschlag vergeht

Der nächste Mann
Betritt den Steg

Malcolm

Malcolm O'Connor war gerade sieben Jahre geworden und lebte auch schon fast genauso lang bei seinen Adoptiveltern in Dingle.

Wenn du schon mal im Südwesten von Irland warst, kennst du wahrscheinlich den gemütlich an die Meeresbucht angelehnten Ort Dingle, denn der liegt unweit des berühmten Ring of Kerry: Kenmare, Waterville, Killorglin, Killarney und wieder zurück nach Kenmare. Den Ring of Kerry zu fahren ist ein bisschen wie das Leben: Man startet an einem vorbestimmten Ort, treibt mit einem großzügigen Gefühl der Zukunft von Hoffnung zu Hoffnung und nachdem sich die Zukunft dann in Vergangenheit gewandelt hat, geht es wieder zurück und du gelangst in etwa dahin, wo du begonnen hast, um dann endgültig den Kreislauf wieder zu verlassen.

In diesem Fall führt es dich vielleicht weiter nach Dingle: Dort ist vieles anders und doch ähnlich wie überall – nur dass hier der Delfin Fungi in der weiten Dingle-Bucht lebt und seinen Artgenossen den Rücken zugewandt hat. Warum, das weiß niemand, aber wir können uns eine ganze Menge vorstellen. Vielleicht hat der Meeressäuger den Anschluss irgendwie verpasst, weil die anderen zu schnell waren? Ein Exzentriker, der das ewige Einerlei in der Gruppe nicht mehr ertrug? Ganz böse Zungen behaupten, dass Fungi ein aus dem örtlichen Oceanworld Aquarium ausgewildertes Tier sei, rein aus erwerbsmäßigen Gründen, aber das ist natürlich nicht wahr.

Viele Menschen wollen diesen Delfin sehen und deshalb betreibt man in Dingle für die zahlreichen Touristen entweder einen Pub oder ein Hotel – oder beides.

Aber zurück zu der Geschichte über den kleinen Malcolm: Malcolm O'Connors Mutter hatte das Pech, mit fünfzehn von einem der zahlreichen amerikanischen Touristen geschwängert zu werden. Er war, wie viele seiner amerikanischen Landsleute, auf der Suche nach seinen irischen Wurzeln. Den Wurzelsucher sah man in Dingle allerdings nie wieder. Die O'Connors nahmen Malcolm kurz nach seiner Geburt auf und seine leibliche Mutter ging nach Dublin oder Belfast oder vielleicht auch nur nach Cork, so genau erinnerte sich hier keiner mehr.

Der Junge erhielt den Namen seiner Adoptiveltern. Aber natürlich wusste sowieso jeder in Dingle, dass Malcolm kein echter O'Connor war.

Die O'Connors besaßen einen prächtigen Pub: Die Außenfassade des »Dingle Pub« leuchtete auch in der Dunkelheit noch in ihrem grün-weißen Gewand mit den überdimensionalen Kleeblättern und ruhte gelassen im Zentrum des 2000-Seelen-Ortes. Es hieß, dass die Queen hier schon ein Bier getrunken habe, wobei keiner recht wusste, ob das eher eine Beleidigung für die O'Connors war oder eine gute Werbung.

Jedenfalls verfügten sie stolz über die meisten Zapfanlagen der diversen Sorten irischen Bieres: Die schwarzen Starkbiere mit fester, heller Schaumkrone; Guiness, Beamish oder Murphy's Stout, dann die leichten, hellen wie Helvick Gold Irish Blonde Ale, und führten außerdem Porterhouse Brainblasta, Headless Dog oder Twistet Hop. Sogar das selbstgebraute Crean's Lager aus der Dingle Brewing Company boten sie an, dabei war die Brauerei mit dem dazugehörigen John Benny's Pub eigentlich stärkster Konkurrent – aber so viel Lokalpatriotismus musste bei den O'Connors sein.

Malcolm war kein typischer O'Connor. Auch wenn du zehn Guinness getrunken hättest, würdest du das erkennen: Vater O'Connor war groß und sein opulentes Doppelkinn schaukelte behäbig unter dem kahlen Kopf. Mum O'Connor war trotz ihrer beträchtlichen Leibesfülle athletisch gebaut. Überraschend anmutig bewegte sie sich zwischen Tresen und Tischen hin und her. In ihrer Jugend war sie eine erfolgreiche Kugelstoßerin gewesen, deren Schnellkraft von einer enormen Höhe war, da sie die für Frauen sehr seltene Drehstoßtechnik praktiziert hatte. Das war lange her und von der Schnellkraft war vor allem die Kraft geblieben. Mum lachte gern und wenn sie lachte, hatte man das Gefühl, jemand schlug eine irische Bodhran-Trommel.

Malcolm glich eher einem Wiesel, seine Haare waren dunkel, die schwarzen Knopfaugen blitzten unentwegt, als wäre er von etwas zutiefst begeistert. Man sah ihn eigentlich nur im Vorübergehen oder besser gesagt: im Vorüberhüpfen. Sollte er sitzen, beim Essen beispielsweise, zappelte Malcolm wie die grüne Kleeblattfahne im Wind. Während Mum und Dad das Frühstück aus Toast mit Bohnen in Tomatensauce genossen, fiel er oft schon beim ersten Bissen vom Stuhl, so voller Lebendigkeit war er. Seine unsteten Blicke irrten wie sein ganzer kleiner Körper ständig im Raum umher. Einmal brach sich der zierliche Junge sogar die Nase, als er in der Kirche beim Beten auf die Vorderbank fiel.

Manchmal nahm seine Adoptivmutter ihn an ihre breite Brust und barg ihn zwischen ihren wuchtigen Armen, sodass er wenigsten ein paar Momente in seinem Leben zur Ruhe kam. Aber kaum ließ sie ihn los, tanzte er wieder davon. Es gab Leute, die behaupteten, Malcolm könnte zur gleichen Zeit an verschiedenen Orten sein, aber das ist erfunden und gehört zu diesen irischen Mythenbildungen.

Du kannst dir vorstellen, dass man so jemanden in einem Pub nicht gebrauchen kann: Das Gerenne und Gehüpfe machte Angestellte, die Musiker der Folkbands und Gäste nervös. Die Kellner hatten Angst vor ihm. Malcolm sprang unversehens in ihren Weg. Sie fielen mit den vollen Tabletts beladen immer wieder über seine flinken Füße. Glassplitterberge wurden jeden Tag kopfschüttelnd in die Abfalltonnen gekehrt und das krachend klirrende Geräusch der zerspringenden Bierkrüge war so etwas wie eine Begleitmusik in Malcolms jungem Leben.

Aber Malcolm war eine Frohnatur: Hatte er wirklich mal ein schlechtes Gewissen, verflog es wie eine Sommerwolke am blauen Himmel. Jeden Morgen strahlte er wieder freundlich und zufrieden in den neuen Tag, als wäre nie etwas geschehen.

Die Kinder aus Dingle mochten Malcolm im Grunde, weil er ein gut gelaunter und offener Junge mit leuchtenden Augen war. Aber weil er unablässig kreiselte und zappelte, fand er kaum in ein gemeinsames Spiel. Beim Fangen war er einfach zu flink. Er schoss wie eine Seeschwalbe auf die Kinder zu, rief mit seiner hellen Stimme »You are out« und stürzte sich schon auf den Nächsten. So ging das Spiel in Windeseile vorbei, ohne dass die anderen Kinder auch nur eine geringe Chance auf einen anständigen Spielablauf hatten. Das war, als würde man bei einem Witz zuerst die Pointe erzählen.

Malcolm spielte also meist allein, oder besser gesagt, er sauste und hüpfte und rannte allein auf dem Pausenhof, durch die Gassen oder raus aus dem Ort über die Wiesen zum Strand.

Eines Tages geschah etwas, was viele, die sowieso immer alles kommen sehen, geradezu herbeigeredet hatten: Henry, der beste Kellner der O'Connors, lief mit einem vollbeladenen Tablett durch den Pub, als Malcolm unvermutet hinter einem Tisch hervorpreschte. Henry versuchte auszuweichen, stieß dabei rückwärts gegen einen der soliden Holztische, wobei es ihn mitsamt der acht Pints Starkbier zu Boden riss. Drei Monate fiel Henry wegen eines komplizierten Schulterbruches aus und ergriff anschließend die Flucht vor Malcolm, indem er einen Job im John Benny's Pub, dem ärgsten Widersacher vom Dingle Pub, annahm.

»Malcolm ist ein wunderbarer Junge«, sagte Mum und blickte Dad vielsagend an.

»Ja«, bestätigte Dad, »aber im Pub wird er niemals arbeiten können, so ungestüm wie er ist. Er ist eben doch kein richtiger O'Connor.«

Mum weinte ein bisschen, dann seufzte sie ratlos: »Das alles ist ein bisschen viel. Ich frage mich, was bloß aus dem Jungen werden soll?«

Malcolm hatte die ganze Ratlosigkeit gehört, weil er gerade an der Küche vorbeigesaust war, in der Mum und Dad saßen. Weil Malcolm die Fähigkeit besaß, das zu hören, was er nicht hören sollte, hatte er es mitbekommen.

Das alles und die oben erwähnte Ratlosigkeit saß seit diesem Tag wie einer der vielen Glassplitter von den zerbrochenen Bierkrügen in seiner Seele.

Ab dieser Zeit muss es auch gewesen sein, dass immer weniger Gäste in den »Dingle Pub« kamen. Kellner Henrys Kündigung, ein paar ungeschickte Bemerkungen der O'Connors und auf einmal spielten die besten Folkgruppen ebenfalls lieber im John Benny's. Der einst so angesagte Dingle Pub wurde immer leerer. Und du weißt ja, wenn es mal leerer in einem Pub ist, dann kommen die, die eigentlich gern gekommen wären, auch nicht mehr: Die meisten Menschen sind Schafe, sie trotten der Mehrheit laut blökend hinterher. Das ist in Irland genauso wie an vielen Orten auf diesem Planeten.

Malcolm war also etwas einsam und hatte nach dem Unfall von Henry zudem ein wenig länger ein schlechtes Gewissen, deshalb sprang er die nächste Zeit lieber in der Natur um Dingle herum. Eines Tages folgte er einem Trampelpfad über eine Kuhweide. Sie führte an einem alten Gemäuer vorbei zu einem kleinen Sandstrand. Ziemlich oft landete er bei seinen Ausflügen an diesem Flecken Sand und ab und zu tauchte hier Fungi, der berühmte Delfin, auf.

Zwei Abtrünnige sind besser als einer, dachte Malcom und beschloss, regelmäßig eine paar Fischhappen aus der Pubküche mitgehen zu lassen. Dann baute er ein Fischfütterkatapult aus zwei alten Stühlen, den Stützstrümpfen seines Vaters und einer riesengroßen Suppenkelle, die lange verzweifelt gesucht wurde im Pub. Regelmäßig, immer zu etwa der gleichen Zeit, beförderte er ein paar Fischhappen in die Dingle Bay, um den kleinen Delfin anzulocken.

Bald kam Fungi nah an die Stelle, an der Malcom herumwirbelte.

Malcolm überlegte gerade, ob er nicht lieber ein Delfin sein wollte, als ein junger Mann neben ihm am Strand auftauchte; es war Finn.

»Na, Malcolm, du Floh«, sagte er.

»Na, Finn, du Hüpfdohle«, erwiderte Malcolm mit einem breiten Grinsen. Finn Byrne war der beste Irish Dance Tänzer aus Dingle und das will was heißen. Sonst war Finn eher einer, mit dem Mum und Dad den Umgang verboten hatten, weil Finn neben dem Tanzen das Bier liebte und sein Geld im Spiel verlor.

»Ich darf eigentlich nicht mit dir reden«, piepste Malcolm verlegen, weil er Finn nett fand, so wie er eben jeden nett fand.

»Willste eine rauchen?«, ignorierte Finn die Bemerkung von Malcolm.

»Nee«, sagte der, »ist nichts für mich.« Er war so aufgeregt, dass er wie ein Wirbelwind kreiselte.

»Interessant«, sagte Finn, »sehr interessant. Wer hat dir das beigebracht?«

»Was denn?«, fragte Malcolm. »Ach, das mit Fungi und dem Füttern. Das war meine Idee!« Er schmiss sich stolz in die Brust und federte dabei noch schneller auf und ab. Angestrengt stemmte er die Arme in die Hüfte und versuchte so, ein klein wenig ruhiger zu werden, was aber völlig misslang. Malcolm rotierte auf der Stelle, ohne auch nur im Geringsten ins Schwanken zu kommen.

»Mensch, Junge«, sagte Finn und starrte Malcolm an, als wäre dieser plötzlich durch einen Zauberspruch aus dem Nichts aufgetaucht.

»Du bist ein Naturtalent! Ich meine nicht das mit Fungi und dem Füttern. Ich meine die Art, wie du dich bewegst! Du bist ein Tänzer! Ich kann dich unterrichten, so wie du drauf bist, wirst du mal richtig gut. Musst mir nur 5 Pfund pro Stunde zahlen, dann bringe ich dir alles bei, morgen um vier in der Grove7, eine Stunde am Tag. Woll'n mal sehen, o.k.? Schlag ein, Kleiner!«

Malcolm überlegte nicht lange, weil er nie lange überlegte und schlug ein.

Woher er ohne Einwilligung von Mum und Dad das Geld bekam für den Unterricht?

Malcolm fragte lieber gar nicht erst. Jeden Tag stürmte er zu Finn, der bald gar keine Zeit mehr zum Trinken oder Geldverlieren fand, soviel wollte Malcolm von ihm lernen.

Endlich konnte der Junge das tun, was er sowieso gern machte und es war auch noch richtig.

Finns Lohn verdiente er damit, jeden Tag ein paar Touristen an den kleinen Strand zu locken und ihnen Fungi zu zeigen. Sonst konnte man Fungi nur auf dem Wasser erreichen, das war viel teurer und die Touristen hatten meist auch gar nicht die Zeit, so lange auf einem Boot zu bleiben; sie mussten ja am nächsten Tag schon wieder nach Kenmare zum Ring of Kerry.

Er bekam reichlich Geld zusammen, um seinen Unterricht bei Finn zu bezahlen. Seine Eltern vermissten ihn nicht sonderlich; sie wähnten ihn in der Natur und waren froh, dass er keine Kellner umrannte. Außerdem hatten sie genug Sorgen, denn der Pub lief inzwischen fast als Zuschussgeschäft.

Malcolm übte und übte. Er hatte gelernt, seine Arme nur sparsam einzusetzen, und den Oberkörper hielt er stolz aufrecht. Komplizierte Schrittfolgen probte er immer wieder, bis sie schließlich so vertraut waren, wie für dich das Gehen.

Als etwa ein Jahr vorbeigegangen war, erschien Malcolm eines Abends im Dingle Pub, baute sich auf der kleinen Bühne für die Folkbands auf und gab dem Barkeeper ein Zeichen für die Musik.

Dann legte er los, der kleine Malcolm, vergnügt hüpfte und drehte er sich, warf die Beine hoch oder sprang um sich selbst herum. Mal schien er fast über dem Boden zu schweben und mal steppte er in rasanter Abfolge auf der Stelle – alles genau im Takt. Er lachte und seine Bewegungen wirkten, als wäre dies in etwa so leicht wie Atmen. Malcom strahlte vor Lebensfreude.

Wenn jemand richtig glücklich ist, dann macht das auch andere glücklich und die fünf, sechs Gäste im Pub bildeten einen Kreis um den kleinen Tänzer und klatschten vor Freude. Manche tanzten auch ein paar ungelenke Schritte mit, aber das störte hier keinen.

Draußen hörten die Leute, wie lustig es im Dingle Pub zuging, und jetzt kannst du die Geschichte schon bald selbst zu Ende erzählen, nicht wahr?

Ja, und so kam es dann auch: Die Leute, die früher schon immer gern bei den O'Conners gewesen waren, kamen zuerst zurück und freuten sich jeden Abend auf den kleinen irischen Derwisch. Der Pub war bald wieder gerammelt voll. Die Touristen stellten sich ebenfalls wieder ein und auch die Einheimischen tranken ihren Stout mit Blick auf die Tanzfläche.

Mum und Dad waren sehr stolz und eines Tages fragte Malcolm seine Eltern, ob sie denn jetzt fänden, er sei ein echter O'Connor. Mum und Dad begriffen sofort, dass Malcolm ihnen damals zugehört hatte und beide schämten sich. Als sie sich genug geschämt hatten, sagte Dad: »Es war wirklich nicht richtig von uns, so etwas zu sagen und wenn ich das mal jetzt so formulieren darf: Du bist ein O'Connor, und zwar ein besonders toller. In erster Linie bist du aber ein Malcolm, ein einzigartiger Malcolm.«

Malcolm, soviel kann ich dir noch verraten, denn diese Geschichte ist wahr, so wahr wie es Irland, Dingle und dich und mich gibt. Malcom lernte, seine Füße noch viel ausgefeilter und präziser zu setzen in zunehmend rasanterer Abfolge. Zusammen mit Finn übte er immer anspruchsvollere Choreografien ein. Einige Leute fanden, dass Finn und Malcom sich sehr ähnlich sehen würden und fragten sich, ob das damals mit dem Amerikaner und seiner Wurzelsuche so gestimmt hatte.

Aber das war ja nun auch nicht mehr wichtig.

Malcolm wurde später mehrfacher Weltmeister im irischen Tanz; er blieb klein, flink und gutgelaunt. Heute noch tanzt er, sooft es ihm möglich ist, im Pub seiner Eltern. Fungi kommt weiterhin häufig an den Strand, an dem Malcolm ihn gefüttert hat. Und wenn du mal nach Dingle kommst, dann musst du die beiden unbedingt besuchen.

THEA

Thea starrte in das dunkle Fenster und beschloss, die Rollläden herunterzulassen. Dunkle Fenster sind wie ein Schatten auf der Seele und etwas unheimlich ist es auch. Jeden Moment könnte etwas Unvorhersehbares dahinter auftauchen, dachte sie.

Sie fühlte sich sicherer, nachdem sie auch noch die Vorhänge zugezogen hatte.

Es war der 24.12., ein Datum, von dem sie geglaubt hatte, dass es in ihrem Leben keine besondere Bedeutung mehr hatte, aber trotzdem schlichen sich die alten Erwartungen und Hoffnungen auf etwas Glanz gegen Abend an.

Theas Kinder waren in die Jahre gekommen, es wunderte sie selbst manchmal, dass ihre Kinder schon so alt waren. Eben noch tobten sie hier in der Stube, eben noch stritten sie sich um den letzten Nachtisch, turnte die Tochter zwischen den Möbeln ein Rad und schleppte der Sohn den Hund herum.

Die Tochter lebte in Australien, zu weit, um an Weihnachten anzureisen; sie würde im Sommer zu Besuch kommen, wenn es sich mehr lohnte.

Der Sohn hatte höflich gefragt, ob er verreisen könne. Er würde mit seiner Frau gern ein Sabbatjahr einlegen, in die Karibik reisen, für drei Monate erstmal, über Weihnachten, der November und der Dezember seien vom Wetter her die schlimmste Zeit. Ende Januar sei man schon wieder zurück. Man wisse nicht, wie lange das mit dem Reisen noch gut ginge.

Sie hatte höflich geantwortet, dass ihr das gar nichts ausmache und gelacht, als er sie daraufhin skeptisch ansah. Sie hatte doch ihre Nachbarin, die jeden Tag schaute, ob ihre Rollläden wieder hochgezogen wurden. Das verabredete Zeichen, dass alles in Ordnung war.

Damals hatte sie tatsächlich gedacht, es würde ihr nichts ausmachen, aber heute fühlte sie sich im Stich gelassen und war wütend auf ihren Sohn und seine Frau, war eifersüchtig auf deren Leben. Sie starrte die Postkarte mit der einsamen Meeresbucht und den Palmen im Vordergrund zornig an.

»Wut fühlt sich lebendiger an als Einsamkeit«, sagte sie laut zu sich selbst. In den letzten Jahren vor ihrem 90. Geburtstag hatte sie immer häufiger angefangen, mit sich selbst zu sprechen. Besser als die bleierne Leere und die endlose Stille ineinanderfließender Tage war das allemal.

Manchmal sang sie auch, obwohl von ihrer hellen, klaren Stimme wenig geblieben war. Früher hatte sie oft ihren Vater begleitet, am liebsten die Forelle von Schubert, dazu spielte sie am Klavier. Er hatte eine schöne Stimme besessen, tief und gefühlvoll. Sie hatte zu ihm gepasst. Thea war sein Augenstern gewesen. Er war im Krieg gefallen, als sie zehn Jahre alt war. Es kam ihr wie gestern vor.

Was für ein altes Wort, dachte sie, Augenstern.

Etwas kahl sah es auf dem Teakholztisch vor der beigen Couch aus, sie hatte ein paar Tannenzweige abgeschnitten aus dem Garten, der viel zu groß war für eine alte, alleinstehende Frau. Die Zweige standen dichtgedrängt in der bauchigen, handgetöpferten Vase und mühten sich redlich, ein wenig Frische und Duft zu verströmen. Eine Kerze aus echtem Bienenwachs leuchtete daneben, aber das allein machte keine Weihnacht.

Thea fiel die alte Krippe ein, die auf dem Dachboden stand.

Sie schleppte sich die zwei steilen Treppen in dem kleinen Haus empor und griff den Leinenbeutel mit den Krippenutensilien. Die aus Zirbelholz geschnitzten Figuren waren ihr vertraut wie die Erinnerungen an alte Freunde. Geerbt von ihrer Mutter, hatten die kunstvollen Darstellungen den Weltkrieg überstanden und begleiteten jahrelang stumm und treu alle Weihnachtsfeste. Als die Kinder noch klein waren, trug Johann ihnen jeden Heiligabend die Weihnachtsgeschichte vor, dabei bewegte er die Figuren immer wie in einem Puppenspiel: Die drei Könige ritten stürmisch heran; prächtige, weise Wesen mit magischen Kräften. Die Hirten, einfache Leute, machten ihre harmlosen Scherze untereinander. In Johanns Fassung der Weihnachtsgeschichte waren Maria und Josef ein wenig zerstritten, weil es Josef nicht gelungen war, ein besseres Zimmer zu finden als den schäbigen Stall. Es erinnerte an die kleinen Streitigkeiten zwischen ihnen, Thea und Johann. Nach der Geburt Jesu verkündete der Engel die frohe Botschaft den Hirten und Johann hatte den Engel sprechen lassen, ohne die Lippen zu bewegen. Die Kinder glaubten noch lange Jahre, dass der Engel wirklich reden konnte.

Thea schmunzelte und stellte die Figuren auf. Die Schatten der drei heiligen Könige bewegten sich im Licht der Kerze an der weißen Wand. Die schwere Krippe aus Holz mit der schrundigen Eichenrinde war zu schwer zum Tragen gewesen, deshalb musste ein hochkant aufgestellter Holzkasten, in dem sie sonst ihre Nähsachen aufbewahrte, als Stall dienen. Dort stellte sie sorgsam Maria, Josef und das Kind in der Krippe auf. Einen weichen, braunen Cordstoff verwendete sie als Untergrund.

Früher hatte sie viel gewerkelt: Kunstwerke aus Wolle, sie hatte Kleider entworfen und genäht. Ihre Hände machten seit einigen Jahren nicht mehr mit, sie verformten sich in alle Richtungen wie seltsame Gewächse, als würden sie nicht zu ihr gehören. Dinge fielen aus diesen Fingern, Schlüssel wollten nicht mehr ins Schloss und Dosen wehrten sich gegen das Öffnen.

Was hatte sie alles erschaffen und geflickt. Heute waren die Menschen zu faul, die Socken zu stopfen!

Diese ganze Wegwerfmentalität war ihr zuwider. Zum Glück ging es ihrer Enkelin Mara genauso, nur war

Mara für Theas Geschmack etwas zu extrem. Die junge Frau suchte nach Lebensmitteln in den Abfallcontainern der Supermärkte. Vor ein paar Tagen war Mara nach Neuseeland aufgebrochen, um dort auf einer Biofarm zu helfen.

»Weg«, sagte Thea, »in alle Winde verstreut, aber so ist das im Leben: Jeder lebt schließlich doch für sich allein. Mit Mara fühle ich mich trotzdem besonders verbunden, sie erinnert mich an mich selbst.«

Thea befestigte einen goldenen Stern am oberen Rand der Holzkiste mit einem beidseitigen Klebeband.

»Das sieht doch schon ganz gut aus.«

Leise summte sie vor sich hin.

Für die Kirche ist es schon zu spät, überlegte Thea, aber ich hätte bei diesem Schneematsch sowieso zu viele Bedenken, aus dem Haus zu gehen.

Sie stellte die Vase mit den Tannenzweigen neben die kleine Krippe.

»Wohin mit dem Engel?«, fragte sie laut und wunderte sich selbst etwas über den vergnügten Ton in ihrer Stimme. Auf dem improvisierten Krippendach thronte bereits der Stern. Über dem kleinen Tisch hing eine Pendelleuchte aus Messing mit einem schmalen goldenen Bogen unter der Lichtquelle.

Da werde ich den Engel befestigen. »Was meinst Du?«, fragte sie ihn. »Ist das ein guter Platz?« Mild schaute die hölzerne Figur sie an.

»Ja«, antwortete sie für den Engel, »dort ist es o.k.«

»O.k? Wie redest du denn?«, rief sie mit gespielter Empörung. »Total o.k., das würde vielleicht Mara sagen, fehlt nur noch, dass du gleich dein Handy zückst, um mir ein Selfie mit dir aus dem Himmel zu zeigen.«

Sie lachte für den Erzengel: »Nichts wäre darauf zu sehen, denn was man bei uns im Himmel sieht, lässt sich nicht fotografieren.«

»Kannst du mir vielleicht beschreiben, wie es dort aussieht?«, fragte Thea. »Ist mein Johann dort und meine Mutter? Und Vater?«

»Natürlich«, antwortete der Engel etwas herablassend, »aber es ist nicht möglich diese Form des Bestehens aus veränderten Teilchen mit einer Kamera aufzunehmen.«

»Hör mal, Engel, dann erzähl mir doch einfach, wie es da oben bei euch so ist.«

»Also«, begann der Engel, »da oben ist es schon mal gar nicht, sondern es ist eher überall. Du denkst doch oft an Johann und fühlst dich ihm nahe, obwohl er schon seit sieben Jahren tot ist, oder?«

»Ja«, sagte Thea überrascht, »woher weißt du das?«

Der Engel lächelte verschmitzt.

»Naja, so ein bisschen Erfahrung habe ich in diesen Dingen über die Jahre auch bekommen. In solchen Momenten ist er tatsächlich bei dir und hat sich in einen, ich sage mal laienhaft, lichtähnlichen Zustand verwandelt, den ihr meist Verbundenheit nennt. Also, du selbst kannst ihn herstellen, aber auch Johann kann das.«

»Großartig, aber was passiert, wenn ich mal nicht an ihn denke?«

»Dann verblasst diese Kraft, aber sie geht nie ganz verloren.«

»Ab und zu höre ich eine Melodie, die ich immer mit Vater gesungen habe, ich habe ihn am Klavier begleitet, weißt du und ...«

»Ja«, unterbrach der Engel mit einem breiten Grinsen, »natürlich weiß ich alle diese Dinge. Dein Vater singt wunderschön.«

»Du kennst Ihn?«

Der Engel schaute sie freundlich an.

Thea fuhr fort: »Wenn ich diese Melodie höre, dann habe ich auch so ein Gefühl von Nähe zu meinem Vater, als wäre er nicht im Krieg geblieben, als wäre er heute noch bei mir.«

»Ja, das ist auch möglich. Mit Tönen können wir durch eine beschleunigte Schallumwandlung eine Erinnerungsübereinstimmung bei beiden Seiten herbeiführen und einen solchen Verbundenheitszustand erzeugen. Nichts anderes als tiefe Zuneigung ist der Katalysator dafür.«

Thea lächelte. Dieser Engel hörte sich etwas kompliziert an. Im Grunde war es einfach: Sie konnte die Menschen spüren, die sie so geliebt hatte. In letzter Zeit erlebte sie diese Nähe häufiger.

»Jetzt muss ich dich nur noch hier oben festbinden«, sagte sie zum Engel und stieg auf den wackeligen Hocker, der ihr als Leiter diente.

Als am nächsten Morgen die Nachbarin die geschlossenen Rollläden entdeckte, rief sie erst drüben an, dann klingelte sie an der Haustür und schließlich verständigte sie die Polizei.

»Es ist doch eine Schande«, schimpfte der junge Polizist, dass man die alten Leute an Heiligabend einfach allein lässt!«

»Ja«, sagte sein Kollege, »da hast du schon recht, aber nun schau dir mal an, was für ein zufriedenes Lächeln auf dem Gesicht der alten Frau liegt.«

GLÜCKSMOMENTE

Weil ich dich sehen kann

Webe meine Lebenslinie
Durch deine
Wandere mit dir
Am uferlosen Meeressaum
Wellen legen sich
zur Ruhe

Mein Gesicht
In deiner Hand
Hältst du mich
Schmeckst nach Salz

Die Strömung
Trägt uns
Durch die Gischt
Schaumkronen im Haar

Auf Treibsand fassen wir Fuß
Ohne den Boden zu berühren
Hält uns der Wind

Wesentliches bleibt
Weil ich dich sehen kann

Liebe für Fortgeschrittene

Du lehnst
Deinen Kopf
An seine Schulter

Sommersonnenwende
Die Vögel rufen leiser
auf ihrer Singwarte

Seinen Schlaf bewachen
Ein Leben lang bleiben
An seiner Seite

SONNTAGSGEFÜHL

Ich habe lange kein Sonntagsgefühl gehabt. Ein leises Ziehen im Bauch, fast schon Langeweile, so kündigt sich das echte Sonntagsgefühl an. Sich noch zwei- oder dreimal im Bett herumdrehen, kurz vorm Aufstehen, den Kaffeeduft in der Nase ... dann lasse ich mich doch noch einfangen von einem Traum. Einer, den ich erinnere und ihm beim Aufwachen erzähle: In meinem Kopf schwebt ein blauer Ballon. Das Blau wird allmählich voluminöser und dehnt sich in mir aus, bis es mich ganz ausfüllt. Es ist leicht und sehr unspektakulär, aber angenehm.

Es ist lange her, dass ich mich an einen Traum erinnere. Früher habe ich meine Träume oft gewusst.

Ich öffne das Fenster; kalte, frische Luft weht mir entgegen und dann sehe ich den ersten Schnee fallen; verlegen, leise überzieht er den verwelkten Garten. Es ist noch November, er wird nicht lange liegen bleiben. Aber in mir wird das Bild anhalten. Das frühe Weiß tröstet mich in der Erwartung des dunklen Winters. Dankbar öffne ich die Hand und für einen Atemzug bleiben die Kristalle auf meinen warmen Handflächen liegen, um als Tropfen in der Handmulde zusammenzulaufen. Mit nassen Händen wische ich mir über die Augen.

Weil ich Hunger habe, nicht weil es Zeit ist, nehme ich etwas zu mir: Einen Kaffee mit Milch, dabei bleibt ein wenig Schaum an meinen Lippen hängen. Er küsst ihn mir fort. Erdbeermarmelade vom Sommer auf geröstetem Schwarzbrot, die Butter unter der roten Fruchtmasse zerfließt und tropft von meinen Händen. Es duftet nach Wärme und Nähe. Nach dem Frühstück gehe ich wieder ins Bett. Er kommt zu mir und versteckt sich mit mir zwischen den Decken.

»Müssen wir jetzt aufstehen?«, frage ich ihn irgendwann, aber er ist sich sicher, dass Aufstehen nicht zum Sonntagsgefühl gehört.

»Dieser Tag hat mehr Stunden als andere Tage«, lacht er, »es bleibt noch so viel Zeit.«

Aber jetzt werde ich misstrauisch, ich bin ungeübt im Müßiggang und denke bereits flüchtig an irgendeine Aufgabe. Er sieht es mir an und küsst es mir aus dem Sinn.

Keine Schublade entwirren, das Wohnzimmer bleibt ungestrichen, Nachrichten unbeantwortet. Heute reagiere ich auf Botschaften in mir: Ich verreise in mir selbst ohne Ziel, setze mich auf eine Seifenblase, hänge meinen Gedanken nach, lasse mich auf dem Sofa treiben.

Ein zufriedenes Summen auf den Lippen und vielleicht später ein paar Pinselstriche auf dem schweren Aquarellpapier – oder auch nicht, denn zum Sonntagsgefühl gehören keine Vorhaben, sondern allenfalls ein Überraschungsbesuch von lieben Freunden, die eine Geschichte mitbringen und ein paar Eisblumen vom See.

Ein Buch fällt mir in die Hände. Einige Überlegungen daraus habe ich im Laufe der Jahre zu meinen eigenen gemacht. Die Handlung war fast vergessen, aber Vieles fällt mir jetzt wieder ein. Sich zugehörig fühlen, darum geht es. Ich lausche. Die Gedanken nehmen die Form von Tönen an: Zunächst meine ich die berühmte Toccata und Fuge in d-Moll von Bach zu hören, aber dieses Werk ist wohl zu groß. Dann nehme ich es deutlich wahr: Zugehörigkeit klingt wie das lyrische h-Moll Präludium von Bach.

Später schlendere ich einen vertrauten Weg entlang und werfe ein paar Kiesel in den Fluss. Der flüstert mir etwas zu und ich lächle, weil ich ihn verstehen kann. An den meisten Tagen bleibt seine Sprache für mich unverständlich.

»Lebensflug«, sprudelt das Wasser hervor. »Lebensflug und Wolkensaum.« Worte für meine Wortsammlung.

»Ich muss öfter auf die Sprache des Flusses hören«, nehme ich mir vor und bedanke mich mit einem flachen Stein, den ich über die Oberfläche schnellen lasse.

Über mir teilt sich der Himmel in ein blasses Winterblau, von der anderen Seite ziehen wieder behäbige Wolken auf. Es riecht nach Schnee.

SOMMERFERIEN OHNE REISE

Es ist nicht viel passiert,
Dein Schatten lehnt sich
Träge an die Wand

Die Kinder tummeln sich am Strand
Die Eltern zählen Wölkchen.
Zu Hause
Träumt die Stille

Die ersten Rosen
Sind verblüht
Das Handy
Schweigt
Du bleibst
Zum Glück
Hier nicht erreichbar

Du lächelst
Deinem Nachbarn zu
Der hat die Koffer schon gepackt
Du winkst
Ihn in die Ferne

Dein Schatten löst sich von der Wand
Und schmiegt sich an Dein Herz
Die Katze döst
Die Rose ruht
Und nichts passiert
Den ganzen Sommer lang

Das Blatt der Flatterulme

Enno steht auf der Brücke des kleinen Flusses und blickt in das gleichförmig dahinströmende Wasser. Es hat aufgrund der starken Regenfälle in diesem Frühjahr an Fahrt aufgenommen.

Die kräftige Flatterulme ist aus ihrer Verankerung gerissen und quer über den Wasserlauf gestürzt. Ein paar vom Sturm abgerissene Äste haben sich in der Uferböschung verfangen. Enno entdeckt die Nachbarskinder Max und Emilian, wie sie über den breiten Stamm mit den tiefen Furchen hinweg klettern und mal auf die eine, mal auf die andere Seite springen. Sie winken ihm zu und er hebt seine alte Hand.

Der Baum liegt wie ein gestrandeter Wal zwischen den Flussufern. Er hat sehr lange seine Wurzeln in die Böschung gegraben, zweihundert Jahre mindestens. Sein Samen muss zu Beginn des 19. Jahrhunderts hierher geweht worden sein, zu einer Zeit, als man weder den Ersten noch den Zweiten Weltkrieg erahnt hat. Damit wäre er mindestens doppelt so alt wie ich, denkt Enno. Bald werde ich ein Jahrhundert gelebt haben.

Unter einer solchen Ulme hat er sich damals von Linda verabschiedet. Enno geht mit tastenden Schritten zu dem gefallenen Baumriesen. Man sieht Flatterulmen nicht mehr häufig.

Max und Emilian rennen ihm entgegen. »Was spielt ihr denn?«, fragt Enno.

»Wir spielen Grenze. Der Baum ist unser Grenzübergang. Über ihn können wir schnell von einem zum anderen Land kommen. Wenn wir in den Fluss fallen, sind wir tot. Aber noch leben wir«, sagt Emilian, der Ältere von beiden.

»Bringt mir mal ein paar Blätter«, sagt Enno mit seiner heiseren Stimme. Die Jungen springen zurück über den breiten Stamm und schleppen ein ganzes Bündel aus Blättern und Ästen herbei.

»Schaut mal, die herzförmigen Blätter sind ungleichmäßig geformt, die eine Seite zieht sich viel länger am Blattstiel entlang als die andere. So eine Verschiedenheit der Seiten gibt es sehr selten in der Natur.«

»Das habe ich noch nie gesehen. Sie haben auch feine Härchen, wie bei mir auf dem Arm«, antwortet Max.

Die Kinder stieben wieder davon und Enno lässt sich vorsichtig auf der morschen Bank nieder, die ein paar Meter weiter am Flussufer steht. Grenzen sind etwas sehr Willkürliches, denkt er, wir setzen sie zwischen Länder und auch zwischen Menschen. Aber im Grunde gibt es sie genauso wenig wie die Grenzen bei unseren Gedanken und Gefühlen.

Linda ist damals achtzehn Jahre alt gewesen und ich nur zwei Jahre älter.

* * *

Die Köpfe der Kühe scheinen über dem dichten friesischen Bodennebel zu schweben. Ab und zu sinkt einer in das Nebelmeer und irgendwo taucht ein anderes Haupt wieder auf. Enno sitzt auf dem neuen Trecker seines Vaters, einem Bauernschlepper von Deutz, und genießt das Schauspiel. Die durchziehenden Nebelschwaden sind kalt und nass; Hauke, sein älterer Bruder, knöpft sich die gelbe Öljacke zu und sogar Vater brummt: Schietwetter in diesem März. Aber alle drei lächeln über die Kuhköpfe, die wie Tütenkasper aus dem weißen Dunst hervorkommen und wieder verschwinden.

Später legt mir Vater seinen Arm um die Schultern. Das ist gar nicht so leicht für ihn, ich bin inzwischen der Größere von uns.

»Hast du Mutter schon gesagt, dass du gehen musst?«, fragt er.

»Ja.«
»Was hat sie gesagt?«
»Nichts, sie hat geweint.«
»Soll ich für dich gehen?«, fragt mein Bruder Hauke.
»Nein, ich schaffe das schon«, antworte ich. »Du musst auf dem Hof bleiben, Vater wird auch schon alt und klapprig.« Ich grinse Vater herausfordernd an. Ich bin zwar etwas langsam, aber stark. Noch ist Vater kräftiger als wir Söhne.

Vater lächelt nur schief und fragt: »Wann gehst du?«

»Nächste Woche; erst in die Pfalz und dann vermutlich weiter nach Frankreich«, antworte ich.

»Vielleicht schicken sie dich nach Frankreich, weil du französisch sprichst«, sagt Hauke, der sich mit anderen Sprachen schwertut. Für ihn ist schon das Hochdeutsch ein Gräuel. Wir Männer unterhalten uns meist auf Plattdütsch. Aber meine Mutter spricht sowohl Hochdeutsch als auch Französisch. Sie hat es mir beigebracht. Ich lerne leicht und möchte alles wissen. Es stört mich, wenn ich etwas nicht verstehe.

Möglicherweise ist es für etwas gut, dass ich nach Frankreich komme. Viele Kameraden aus der Gegend um Aurich werden woanders kämpfen. Ich soll Frankreich besetzen. Meiner Ansicht nach können die Franzosen ihr Frankreich gern behalten. Ich werde hier gebraucht, auf dem Hof. Unser karges Land bringt Zuckerrüben, Kartoffeln und Weizen hervor. Viehzucht haben wir auch. Kühe, schwarzbunte. Der gelbe Raps liegt wie ein Lächeln auf dem Acker. Es regnet viel. Wir schlagen den Kragen hoch und ziehen die Köpfe ein. Die geduckte Haltung erleichtert den Nazis die Machtübernahme in unserem Ostfriesland.

Später möchte ich studieren, in Oldenburg, und Lehrer werden. Hauke übernimmt dann den Hof, er ist der Älteste.

***

Rheinberg ist ein liebliches Dorf mit zufriedenen kleinen Fachwerkhäusern. Ein Flüsschen schlängelt sich mitten durch das Zentrum. Ich bin ganz in der Nähe stationiert mit meinem Bataillon. Den Ort kann ich zu Fuß gut erreichen. Der Transport hierher glich eher einem Viehtransport, aber das macht mir nichts aus. Menschen und Tiere sind sich sehr ähnlich, nur Pflanzen sind feinere Wesen, sie reagieren auf kleinste Lichtveränderungen. Mit ihren ausgeklügelten Sinnen nehmen sie wahr, wohin sie wachsen müssen: Mit dem Spross stemmen sie sich gegen die Anziehungskraft, mit der Wurzel in Richtung Erdmitte, von der gleichen Energie angezogen. Ich habe mal ein keimendes Weizenkorn mehrfach umgedreht, aber seine Wurzel hat sich immer wieder nach unten ausgerichtet.

Kein Mensch weiß, warum unsere Truppe nicht weiterzieht. Wir lagern schon seit ein paar Wochen in der Pfalz und wir dürfen sogar ausgehen. Meine Kameraden nutzen das selten, aber ich mag das kleine Örtchen und seine Bewohner.

Bedächtig streife ich durch die engen Gassen, rede mit der Bäckerin. Erst dachte ich, dass sie französisch spricht, der Singsang ihres Pfälzer Dialektes klingt ähnlich. Sie backt Graubrot, aber auch Baguette und schenkt mir eines. Rheinberg war mal französisch, früher, compris? Genau wie Ostfriesland, denke ich.

Die Bäckersfrau stemmt ihre Hände in die breiten Hüften: »Wir waren sogar mal bayrisch. Jeder Eroberer hat Spuren hinterlassen, aber unsere Eigenständigkeit haben wir uns von niemandem nehmen lassen.«

So war das in Ostfriesland auch mal, die Friesische Freiheit. Jahrhundertelang hat man sich von niemandem was sagen lassen, weder von Kriegsführern noch von Adeligen, ist aber lange her.

Ab und zu mache ich einen Abstecher in den Meister Lampe, Gaststube und Metzgerei zugleich. Dort gibt es die dicken Bratwürste, in Schmalz gebraten, mit Sauerkraut und Brot.

»Was bestellst du?«, fragt mich ein etwa Gleichaltriger mit Pausbacken und Koteletten, mit denen er sein rundes Kindergesicht zu kaschieren versucht. Er setzt sich dazu: Das machen die Menschen hier so.

»Würste«, sage ich, »dafür reicht mein Geld.«

»Ich bin Franz, der Briefträger.«

Wir reichen uns die Hände und seine Hand verschwindet fast in meiner Pranke.

Wir trinken zusammen ein Alster, so hätte man in Aurich gesagt, hier sagt man Radler oder Panaché. Die meisten trinken Schorle, also Wein und Wasser gemischt, weil viele Winzer sind. Oder auch nur Wein. »De Woi hämmer selwer, 's Wasser miss mer kaafe«, steht über dem Schanktisch.

»In Rheinberg«, sage ich, »ist der Krieg weit weg. Hier scheint es wenig Politik zu geben, nur Wein, gute Würstchen und Leberknödel.«

»Und Saumagen mit Majoran«, fügt Franz stolz hinzu.

»Hitler ist nicht mein Fall«, sagt Franz.

»Meiner auch nicht«, antworte ich, »ich wäre lieber zu Hause.«

Damit ist dazu alles gesagt, wir reden dann lieber über anderes, man weiß nie, wer am Nachbartisch sitzt.

Ob ich sterben werde im Krieg? Ich würde vorher gern die Liebe kennenlernen.

Die Pflanzen sind größer und schöner in der Pfalz. Gänseblümchen sehen wie kleine Margeriten aus. Selbst Taubnesseln protzen mit großen lila Blüten und zwischen einigen Rebstockreihen blühen blaue Meere von Perlblumen. Ich spaziere auf den Pfaden zwischen den Weinbergen. Das Gras ist knöchelhoch. Es kommt mir grüner vor. Ein frischer Wind kämmt durch den Grassaum. Vielleicht fliegen auch die Pusteblumensamen weiter.

Es ist inzwischen bereits April, das frühe Osterfest vorbei und die Reben treiben aus. Ich schlendere durch den angrenzenden Buchenwald. Über mir ist ein leises Klicken zu hören. Und noch eins. Dann eine ganze Symphonie aus Klicklauten. Die Knospen der Buchenblätter öffnen sich.

Renate ist Dorflehrerin und läuft mit ihren Schützlingen an unserer Unterbringung vorbei. Ich zeige den Kleinen mein Gewehr. Besonders die Gesichter der Jungen strahlen. Renate meint, dass man beim Schießen selten ins Schwarze trifft. Sie lächelt und entblößt dabei ein paar hasenartig hervorstehende Schneidezähne.

Karl Prisching, der gutgelaunte Wirt und Metzgermeister des Meister Lampe, sucht noch jemanden für seinen Wettbewerb im Steineschleppen mit der Hotte am 1. Mai. Er hat diesen Wettbewerb selbst erfunden. Eine Hotte ist das Holzgefäß, mit dem man in der Herbstzeit die Trauben zur Rolle, also dem Traubentransporter bringt. Und weil man im April keine Trauben zur Verfügung hat, muss man die Hotte mit Steinen füllen. Die teilnehmenden Läufer und Läuferinnen starten am Sportplatz, umkreisen den Maibaum neben dem Brunnen am Rathaus und wieder zurück. Dieser Hottenlauf hört sich nach einem großen Spaß an – ich bin jung und kräftig, wenn auch nicht der Schnellste. Aber mehr als verlieren kann ich nicht. Der Gewinner wird zum Hottenkönig gekürt und darf seine Hottenkönigin wählen.

Mich erinnert diese Inthronisierung an das Klootschießen bei uns in Ostfriesland. Am Ende wird auch ein Königspaar ernannt. Zwei gegnerische Mannschaften werfen Holzkugeln die Straße entlang und versuchen, die andere an Wegstrecke zu übertrumpfen. Ein altes Spiel. Früher beschossen die Friesen eindringende Römer mit Lehmklumpen, den Kloots. Schießereien enden wahrscheinlich erst mit dem Ende der Menschheit.

Linda, die Tochter des Wirts vom Meister Lampe, stellt den Teller mit dem dampfenden Essen vor mir ab. Es gibt frische Leberknödel. Sie bleibt stehen und streicht sich energisch eine lockige Haarsträhne aus dem Gesicht, die sich aus den rotbraunen Zöpfen davongestohlen hat.

»Ich war ein paar Wochen zur Aushilfe bei Verwandten, jetzt bin ich wieder zu Hause«, erklärt sie mir. Sie gibt mir die Hand zur Begrüßung. Ihre Augen sind fast schwarz. Sie erinnert mich an ein Eichhörnchen. Ohne Scheu betrachtet sie mich.

»Du hast Meerwasseraugen«, sagt sie, »und Haare wie Flachs.«

»Und du bist schön«, sage ich.

In Nordbrookmeerland hätte ich das wohl kaum gesagt.

Linda lächelt.

Seitdem spüre ich einen unglaublich angenehmen Schmerz.

Am Start stehe ich zusammen mit der Dorfjugend. Ich stemme die steinbeladene Hotte auf mein breites Kreuz. Es macht mir nicht viel aus, schwer zu tragen. Aber ich bin kein schneller Läufer. Franz, der Postbote übernimmt bald die Führung, er ist gut trainiert. Die anderen lassen wir hinter uns.

Der erste Teil des Weges ist abschüssig. Franz läuft wie eine Dampfwalze. Mechanisch, keuchend, nicht nachlassend.

Innerlich gebe ich mich bereits mit dem zweiten Platz zufrieden.

Linda steht auf dem Dorfbrunnen und ruft von oben: »Wenn du König wirst, werde ich Königin.«

Der Rückweg geht bergauf, aber jetzt habe ich das Gefühl zu fliegen. Als erster Nicht-Rheinberger gewinne ich den Hottenlauf.

Ich hieve die Bütte beiseite ins Gestrüpp, strecke mich und gehe Linda entgegen.

Franz beschwert sich bei der Jury, die aus dem Bürgermeister und dem Pfarrer besteht. Er beschuldigt mich: Enno hatte Holz in seiner Hotte, keine Steine.

Der Bürgermeister und der Pfarrer inspizieren meine Hotte, die noch immer etwas abseits im Gebüsch liegt. Es sind ein paar Steine und überwiegend alte Rebknorzenstücke darin.

Renate, die Lehrerin, eilt herbei: »Ich habe gerade eine Gestalt beobachtet, die die Steine gegen diese Holzstücke ausgetauscht hat. Aus der Ferne konnte ich nicht erkennen, wer genau das war.« Renate ist eine kluge Frau.

Die Rheinberger küren uns am Abend vor dem Tanz und Karl, der Vater von Linda sagt: »Ihr seid ein wahrhaft königliches Paar!« Zum Tanzen sind wir nicht gekommen, weil Linda im Gasthaus helfen muss.

Die friesischen Frauen sehen wie Buchen aus: fest, groß und schlank. Lindas Gestalt ist zart, aber trotzdem wirkt sie beeindruckend. Ich glaube, es liegt an ihren Bewegungen: Sie strahlt so viel Energie aus. Sie spricht das freundliche Pfälzisch ihres Dorfes, die Worte kugeln fröhlich und ungeniert aus ihrem Mund. Es hört sich für mich an, als würde sie lauter fröhliche Begebenheiten erzählen. Dabei kann sie sehr ernst sein. Sie mag die Ruhe am Fluss unten und wir schlendern gern den Weg am Ufer entlang. Sie weiß ebenso viel über Pflanzen wie ich. Das kommt nicht oft vor.

»Mein Vater wuchs im Wald auf, mein Großvater war Förster«, sagt sie, »mach die Augen zu.« Dann streicht sie mir mit etwas sehr Weichem über die Wangen. Sie muss sich auf die Zehenspitzen gestellt haben, sonst würde sie nicht so hoch reichen können. Es ist eine zarte Berührung.

Ich lasse die Augen zu, nehme ihre Hand und küsse sie auf den Handrücken. Etwas ist in ihren Händen. Ich öffne die Augen. Linda hat mich mit einem jungen, flaumig behaarten Blatt gestreichelt. Sie lächelt und ihre dunklen Augen leuchten. Ich beuge mich zu ihr herab, damit sie nicht so lange auf den Zehenspitzen schwanken muss und lege ihre Hand auf meine Brust: »Da wohnst du«, sage ich.

»Das ist gut«, antwortet sie.

Im Mai 1940 muss ich mit meiner Einheit weiterziehen. Ich habe Linda zum Abschied ein Blatt des Baumes geschenkt, mit dem sie mich gestreichelt hat.

»Hebe es auf, bis ich wiederkomme«, habe ich gesagt.

»Ja.«

***

Wir besetzen Frankreich ohne nennenswerte Gegenwehr. So einfach habe ich mir das nicht vorgestellt. Jeden Tag schreibe ich einen Brief an Linda. Ihre Antworten sind genauso leidenschaftlich wie meine.

Hauke hat geschrieben. Vater ist gestorben. Er lag auf der Wiese, bei den Kühen. Das Herz, sagt der Doktor. Ich reise nach Hause. Auf dem Weg spüre ich seinen Arm auf meiner Schulter. Mutter und Hauke brauchen meine Hilfe. Ich soll bis zu meiner weiteren Verwendung auf dem Hof helfen, heißt es in dem amtlichen Schreiben.

Unser kleiner Friedhof in Nordbrookmeerhausen liegt auf einer winzigen Anhöhe und gibt den Blick auf das Marschenland frei. Es ist schön hier; wenn man gestorben ist, sollte man einen besonderen Platz erhalten – den Trauernden fällt es dann leichter, loszulassen. Ich möchte trotzdem nicht hier beerdigt werden, ich habe andere Pläne.

Die Kühe, die Vater beim Sterben zugesehen haben, grasen weiter. Die Wolken halten sich weiter am Himmel fest und das Gras muss gemäht, der Weizen geerntet und die Zuckerrüben müssen eingebracht werden.

Ich schreibe viele Briefe an Linda, aber seit etlichen Wochen bekomme ich keine Antwort mehr. Ich erkläre mir das mit den Kriegswirren und hoffe auf die nächste Gelegenheit, nach Rheinberg zu reisen. Ich werde sie bitten, meine Frau zu werden.

***

Die Dinge gestalten sich schwierig. Der Krieg gerät aus den Fugen, die ganze Welt gerät aus den Fugen. Mutter vermisst Vater und fällt oft aus, weil sie einfach dasitzt. Sie sieht wie ein Denkmal aus. Wenn wir von Vater sprechen, kann ich sie manchmal erreichen. Vaters Wissen fehlt, die beiden Ernten nach seinem Tod fallen viel schmaler aus als sonst: Erst fällt die Kartoffelernte schlecht aus, dann frisst uns eine Mäuseplage das Futter weg, ein paar Kühe müssen geschlachtet werden. Wir können nicht frei verkaufen, sondern geben unsere Erzeugnisse an die staatlichen Stellen. Alles muss hintangestellt werden, um das Überleben des Volkes zu sichern. Aber ich sehe Linda vor mir, ich spüre ihre Hand in meiner, nur wenn ich meine Gedanken auf das Briefpapier bringen möchte, laufen sie manchmal ins Leere. Mir fehlt eine Reaktion von ihr.

Ich werde nach Rheinberg fahren.

***

»Enno ist vielleicht in französische Gefangenschaft geraten und wurde dann zur Fremdenlegion angeworben«, sagt Franz, der Postbote aus Rheinberg.

»Der Franz hot se nit all«, meint Lindas Vater.

»Ich kann mir das auch nicht vorstellen. Außerdem könnte Enno mir dann trotzdem schreiben«, sagt Linda.

»In den ersten Wochen nachdem er weiterziehen musste, habe ich viele Briefe von ihm bekommen. Sie sind das Schönste, was ich besitze. Und das Blatt der Flatterulme, das er mir zum Abschied geschenkt hat. Es ist herzförmig und asymmetrisch angelegt: Auf der einen Seite ist es etwas kürzer – das bist du, hat er gesagt, und auf der anderen Seite zieht es sich lang hinunter – das bin ich. Und obwohl es etwas ungleich aussieht, passt es wunderbar zusammen.«

Franz besucht mich oft und hat mir seine Liebe erklärt. Ich liebe ihn nicht, aber er ist der beharrlichste Mensch, den ich kenne. Ich frage ihn jeden Tag nach einem Brief von Enno.

Der Krieg hat uns bisher verschont – wir sind einfach vergessen worden. In den großen Städten muss es schlimm sein. Wir werden den Krieg verlieren, aber verloren war er schon von Anfang an. Ich glaube nicht, dass man überhaupt einen Krieg gewinnen kann. Am Ende gibt es nur Verlierer, aber vielleicht haben einige etwas weniger verloren.

Die meisten Männer sind gefallen in dem französischen Landstrich, den Enno und sein Bataillon besetzt gehalten haben, behauptet Franz. Es würde mir erklären, warum Enno nicht mehr schreibt.

Franz hat mir einen Heiratsantrag gemacht. Ich habe seit zwei Jahren keinen Brief mehr von Enno erhalten. Ich werde den Antrag annehmen. Ich liebe Franz immer noch nicht, aber er ist da. Vater wird älter und ich kann die Gastwirtschaft nicht allein bewältigen, Franz hilft uns viel. Die meisten anderen Männer sind im Krieg.

***

»Hilft Deine Reise siegen?« steht in Großbuchstaben auf der Lokomotive, die mich von Aurich nach Hannover bringt. Von dort wird es weiter in Richtung Rheinberg gehen. Mutter hat Angst, mich auch noch zu verlieren, die Tieflieger sind eine echte Gefahr. Die Bevölkerung ist angehalten, unnötige Reisen zu unterlassen. Ich fahre dennoch. Hauke kann verstehen, dass ich Linda sehen muss, es macht keinen Sinn, anzurufen.

Es ist wieder März, ein nasser, kalter Tag im Jahr 1942. Ich erreiche Rheinberg noch vor der Dämmerung. Der Gasthof der Prischings sieht unverändert aus. Mein Herz klopft bis zum Hals, als ich durch das Hoftor trete.

Vor der Tür zur Metzgerei stehen zwei Menschen in eindeutiger Umarmung.

Ich mache auf dem Absatz kehrt.

Die Wahrheit ist schmerzhaft, aber zu ertragen. So dachte ich bisher. Aber ich fühle nichts und bewege mich wie ein Schlafwandler. Erst waren Mutter und Hauke sehr freundlich zu mir, inzwischen ziehe ich mir ihren Unmut zu. Meine Hilfe wird dringend gebraucht. Mutter streicht mir übers Haar und bezahlt eine Besprecherin. Die Heilbeterin kommt drei Tage hintereinander und murmelt Unverständliches. Sie ist sehr alt und riecht nach Schaf.

Mein Bruder ruft den Doktor.

»Du willst nicht zurück in dieses Leben kommen, weil du den Schmerz nicht aushalten kannst, sagt er. Tue so, als würdest du leben, den anderen fällt der Unterschied meist nicht auf. Aber bitte werde nicht verrückt, in der Psychiatrie werden zurzeit schlimme Sachen mit den Patienten gemacht, hört man. Versprichst du mir das? Und sei froh, dass du noch nicht wieder eingezogen wurdest.«

***

Nach dem Krieg studiere ich Lehramt für Deutsch und Sport an der Hochschule in Oldenburg. Meine Frau und ich bekommen keine Kinder, niemand findet heraus, woran es liegt. Meine Schüler liebe ich, wahrscheinlich, weil ich keine eigenen Kinder habe. Als ich schon alt bin, trage ich meine Frau zu Grabe, kehre zurück in unser gemütliches Haus, lasse mich in den abgenutzten braunen Ledersessel fallen und falte meine Hände.

Ich sitze viele Stunden da und lausche dem Regen, der sich mit mir auf eine lange Nacht einstellt. Es ist März. Meine Glieder schmerzen wie nie zuvor. Als ich endlich ins Bett gehe, kann ich mich kaum bewegen. In der Nacht träume ich. Ich schwebe zum Schlafzimmerfenster hinaus, fliege über eine sanfte, waldreiche Landschaft hinweg und bin glücklich, wie ich es nur einmal in meinem Leben war.

Am nächsten Morgen rufe ich den Bürgermeister von Rheinberg an. Es ist eine Bürgermeisterin, sie heißt Renate, ihre Mutter war früher Lehrerin.

»Meine Zeit ist begrenzt«, sage ich, »ich sollte nicht mehr das Leben eines anderen leben. Ist Linda noch …?«

»Ja, sie lebt.«

Nachmittags komme ich in Rheinberg an. Linda sitzt auf der Bank vor dem alten Bahnhof und wartet. Sie ist sehr schön.

»Franz ist vor ein paar Jahren gestorben«, sagt Linda. »Ich habe ihn geheiratet und zwei Kinder geboren. Nach seinem Tod erbte ich eine große Holzkiste, die alle deine alten Briefe enthielt. Franz hatte angewiesen, sie mir nach seiner Beerdigung auszuhändigen. Vielleicht wollte er damit etwas gutmachen, denn er hatte die Briefe abgefangen und unter Verschluss gehalten. Ich habe die gesamten Briefe gelesen. Du hast vom Tod deines Vaters geschrieben, von den Widrigkeiten in deiner Heimat, von deiner Liebe zu mir. Meine Briefe an dich damals hatte ich Franz immer vertrauensvoll mitgegeben. Er hat sie nie abgeschickt, aber er hat sie ebenso sorgfältig in der gleichen Kiste aufbewahrt. Er war ein sehr ordentlicher Mensch.

Ich konnte nicht fassen, dass Franz mein Leben war und zugleich mein Leben zerstört hatte. Ich brachte es aber nicht fertig, ihn zu hassen. Auch er hat viel gelitten, denn er wusste, dass ich ihn nie geliebt habe.

Renates Tochter hat mir dann geholfen herauszufinden, ob du noch am Leben bist. Aber sie entdeckte dabei, dass du verheiratet bist. Ich habe viel Respekt vor der Ehe, deshalb habe ich mich nicht bei dir gemeldet. Ich habe einfach immer gehofft, dass du kommst, wenn es Zeit ist.«

* * *

Linda und ich gehen inzwischen seit einigen Jahren Hand in Hand durch Rheinberg spazieren. Am liebsten laufen wir ein Stück den Fluss entlang. Ich glaube, wir sind beide so alt geworden, weil wir unsere Liebe doch noch leben dürfen.

Rheinberg hat ein seltsames Schicksal erfahren: Das kleine Örtchen wurde nach dem Krieg zur Hälfte den Deutschen belassen und zur anderen Hälfte den Franzosen zugeteilt. In der Mitte von Rheinberg fließt der Fluss, an dem die Flatterulme umgestürzt ist und auf dem die Kinder mal auf die deutsche und mal auf die französische Seite springen. Die Bewohner von Rheinberg haben sich mit der Situation abgefunden. Der Zusammenhalt der französischen und der deutschen Seite könnte allerdings besser sein. Aber in jedem Jahr findet ein Brückenfest statt, und die Menschen tanzen zusammen. Den Hottenlauf haben sie bis heute beibehalten und mal siegt ein Franzose und mal ein Deutscher und ganz selten auch mal ein Auswärtiger.

Hauke ist vor ein paar Jahren gestorben, aber den Hof in Nordbrookmeerhausen gibt es weiterhin. Die Kinder meines Bruders haben einen Biohof daraus gemacht und es gibt einen kleinen Hofladen.

Ich gehe jetzt zu Linda, um ihr einen richtig guten Kaffee zu kochen, handgefiltert. Vielleicht lesen wir uns aus unseren alten Briefen vor, dann ist es, als wären wir noch sehr jung. Ich werde ihr einen Zweig mitbringen von der umgestürzten Flatterulme.

Im Augenblick

Strukturen
Von Uhren
Ordnen
Stunden nach Stunden
Zeiger Umrunden
Ohne Vorher
Oder Nachher
Zu Klären

Stehen
Am Ende
Am Anfang
Ohne Ordnung
Im Chaos

Nur im Augenblick
Liegt der Unendlichkeit
Hilfloser Ausdruck
Den Kosmos
Zu fassen

HUMMEL

Es war auf der Fahrt von Norwegen nach Hannover, als eine Hummel durch das offene Fenster katapultiert wurde, mit einem heftigen Aufprall von Innen gegen die Windschutzscheibe stieß, von dort direkt – benommen – aber womöglich noch lebend, in den Schoß von Thore geriet. Genau zwischen seine Schenkel. Thore saß mit kurzen, weiten Hosen dort, denn es war heiß, im Sommer 2018, selbst in Norwegen.

Die Hummel blieb reglos liegen, ganz nah an seinem weichen Hoden. Die Beine leicht gespreizt, versuchte Thore die Fassung zu bewahren. Stechen Hummeln überhaupt? Und was passiert, wenn sie in mein Geschlecht sticht? Sie ist doch reglos ... vielleicht schon tot? Hoffnungsvoll blickte Thore nach unten und bemerkte im gleichen Augenblick, wie sich die Hummel bewegte.

Thore lenkte den Wagen vorsichtig an den Straßenrand, hochroter Kopf, zusammengebissene Zähne. Ein Hupkonzert hinter ihm, ein Riesenlaster war aus dem Nichts aufgetaucht und schien ihn und seinen Wagen zermalmen zu wollen, aber er donnerte glücklicherweise haarscharf vorbei.

Thore bemühte sich, die Beine auseinander zu halten, öffnete mit behutsamen Bewegungen die Tür, schob den Sitz vorsichtig zurück. Es krabbelte in der kurzen Hose.

Nur keine falsche Bewegung, nicht umsonst sitzen hier Schwellkörper, ganz vorsichtig aussteigen, die Hose vorsichtig runterziehen.

Das fröhliche Gekreische einer Gruppe junger Frauen im offenen Cabrio zog vorbei.

Die Hummel krabbelte verwirrt auf ihm entlang. Sie sah harmlos aus. Er ließ sie auf seine Hand krabbeln, so wie er dastand, mit heruntergelassener Hose, studierte sie. Riesenaugen ... was siehst du wohl? Fragte er sich. So pummelig. Thore blies die Hummel vorsichtig an. Sie ordnete ihre zarten, durchscheinenden Flügel, fuhr mehrmals mit den grazilen Fühlern über ihren behäbigen Körper, ließ einen drohenden Brummton hören und startete in die laue Sommerbrise. Thore blickte ihr nach, während er seine Hose hochzog.

Er hatte lange nicht so intensiv über ein Tier nachgedacht. Ihm fielen Bilder seiner Kindheit am See ein, da hatte er stundenlang Insekten beobachtet, im Sommerflieder, der über und über bedeckt mit Schmetterlingen war: der orange-schwarze Admiral mit seinen leuchtenden Punkten, die bunten Pfauenaugen, deren Augen weiße Tränen zu verlieren schienen und die ihre Flügel beständig auf und zu fächerten, als wollten sie sich Luft zufächeln. Ihre Körper waren pelzig wie der der Hummel gewesen und erinnerte noch an die Raupe, aus der sie sich entwickelt hatten. Die langen Fühler schienen über die Blüten zu streicheln, unentwegt tauchte der hungrige Rüssel in die feinen lila Blüten des Sommerflieders. Er erinnerte sich wieder an das Blau der Flügelaugen, ein Blau wie es Yves Klein malte, umrahmt von tiefem Schwarz und Gold.

Auf der Weiterfahrt lächelte er vergnügt vor sich hin. Leider wusste er immer noch nicht, ob Hummeln stechen, vielleicht sogar besonders gefährlich sind.

Es war ihm auch nicht so wichtig. Die Bilder seiner Kindheit waren zurückgekehrt.

Frischling

Es war klar, dass wir zusammenkommen würden bei dieser Schulfreizeit auf Sylt. Wir gingen in die siebte Klasse, warfen uns lange Blicke zu, Max und ich, Jilja. Die Sonne schien, wir suchten mit der ganzen Klasse Muscheln am Strand, Max hob eine besonders hübsche Herzmuschel auf und gab sie mir. »Heute Abend am Strand vor der Jugendherberge«, flüsterte er mir zu, dann kamen die anderen gelaufen und lachten über uns: »Jilja und Max, Jilja und Max.«

Im Wasser standen wir nah beieinander. Die Nordsee brüstete sich mit großen Wellen. Ich trug mein langes schwarzes Haar offen, tauchte unvermittelt in eine hohe Welle, die mich kurz darauf wieder ausspie. Unter der Welle war es ruhig wie in einem tiefen Teich.

»Komm, Jilja, wir schwimmen ganz weit raus, wohin uns die anderen nicht mehr folgen können«, rief Max begeistert und wir tauchten gemeinsam durch die Wellen. Weiter draußen beruhigte sich die See. Von der starken Julisonne war die Wasseroberfläche warm geworden, nur wenn man sich tiefer sinken ließ, wurde es kalt.

»Leg dich aufs Meer Jilja, oben ist es angenehm. Gib mir deine Hand, das Wasser trägt uns.«

Wie Treibholz schaukelten wir auf dem Wasser, in eine warme Schicht gehüllt und unsere Hände lagen ineinander. Mal glitten wir aufeinander zu und mal voneinander weg, aber wir ließen uns nicht los. Niemand konnte uns mehr sehen. Die anderen tollten am Strand herum. Es war das erste Mal, dass wir uns berührten.

»Jilja, willst du mit mir gehen?«, fragte Max unvermittelt.

Ich schaute ihn an und nickte ernsthaft: »Bis zum Ende der Welt.«

Damals wusste ich noch nicht, dass man so etwas nicht sagt. Ich hatte keine Ahnung, dass das Ende der Welt in Patagonien liegt und die Humboldtpinguine auf dieses Ende aufpassen. Ich wusste aber, dass Max schön war. Seine warmen braunen Augen konnte ich sogar sehen, wenn ich die Lider schloss.

Weil er zu Hause im Geschäft helfen musste, hatte er meist wenig Zeit: Seine Eltern besaßen einen Gemüsehandel, außerdem standen sie samstags auf dem Markt. Max und sein kleiner Bruder halfen jeden Tag.

Die Wellen wiegten uns geduldig auf der warmen Meeresoberfläche. Für ein paar Momente gab es nur das: unsere Berührung, unsere schwerelosen Körper, das Pulsieren des Meeres, den weiten Himmel. Ein paar Wolken spiegelten sich im Wasser und alles schien sich zu verbinden: Der Himmel neigte sich ins Meer und das Meer erhob sich zum Himmel. Eine große, dunkle Wolke schob sich vor die Sonne, deren Strahlen verfingen sich im Wolkensaum, leuchteten über den grenzenlosen Himmel, bis sie weit gefächert auf das Wasser trafen. Sie reichten bis zu uns, diese Strahlen, und schienen eine Botschaft zu besitzen, deren Sprache wir noch nicht kannten.

Vom Strand erklang eine laute Sirene und kurz darauf die helle Stimme unserer Lehrerin:

»Alle aus dem Wasser kommen!«

Als hätte die Sonne dies als Aufforderung verstanden, sich zurückzuziehen, verschwand sie hinter ihrer dunklen Wolke. Wir schwammen durch die Brandung ans Ufer und liefen mit den anderen zurück in die Jugendherberge. Für abends verabredeten wir uns an einem bestimmten Strandkorb, so lange die anderen Tischspiele spielten, würde uns keiner vermissen.

Am Abend setzte Max sich zu mir in den mit blau-weißem Leinenstoff ausgekleideten Korb und eine Weile tranken wir schweigend abwechselnd an einer Cola. Der weite

Strand, die sich tief in die Ebbe zurückgezogene Nordsee und der große Mond schienen alle Geräusche zu schlucken, der Wind wehte kaum. Ganz in der Ferne sahen wir Lichter von vorbeiziehenden Frachtern.

»Wohin die wohl fahren?«, fragte Max.

»Keine Ahnung«, sagte ich, »vielleicht nach Südamerika? Nach Sansibar? Oder nur nach Hamburg?«

Max lachte und fuhr fort: »Wenn wir jetzt auf so einem Frachter wären ...«

Ich sah ihn an: »Aber nur, wenn er nach Sansibar fährt.«

»Warum Sansibar?«

»Weil es so schön klingt, Sansibar ...«

Max lachte wieder. Aber dann klang er sehr ernst: »Weißt du was, ich hätte richtig Lust dazu, zu verschwinden! Einfach weg. Von mir aus bis Sansibar. Für ganz lange.«

Mich beschlich das Gefühl, das alles könnte mit mir nichts zu tun haben, so weit weg schien sich Max zu wünschen. Kam ich in seiner Geschichte überhaupt vor?

»Zusammen?«, fragte ich.

»Na klar«, sagte Max völlig überzeugt, »mit dir!«

Ich lehnte mich zufrieden in den Strandkorb zurück und konnte trotz des Daches noch einen Ausschnitt von den winzigen, leuchtenden Sternen und dem blassen Mond ausmachen.

»Weißt du«, sagte Max, »dass auf den Sternen die Kinder wohnen, die früh gestorben sind? Sternenkinder nennt man sie.«

»Wer passt auf sie auf«, fragte ich, »wer kümmert sich da oben um die Kleinen?«

»Vielleicht die Erwachsenen, die zu früh gestorben sind, antwortete Max nachdenklich.

Wir dachten beide an Frau Ballmeyer, die in diesem Jahr gestorben war. Eine sehr schöne Frau war sie gewesen, braune Locken, immer fröhlich, Augen, die freundlich blickten. Unsere Deutschlehrerin. Sie glaubte an jeden von uns. Max, der eher der naturwissenschaftliche Typ war, formulierte bei Aufsätzen meist nur ein paar schlichte Sätze – und die auch nur äußerst widerwillig.

»Max«, sagte sie und ihr Blick ruhte auf ihm, als wisse sie alles über ihn und dieses alles gefiele ihr außerordentlich gut, »du bist ein Reportertyp: Du hast das Talent, das Wesentliche zusammenzufassen, bringst die Dinge auf den Punkt. Mich beeindruckt das, weil ich das am wenigsten kann.«

Bei Keram stehend, der eigentlich ganz gut Deutsch konnte, aber einen Streublümchensalat an Rechtschreibfehlern produzierte, meinte sie eines Tages: »Wisst ihr, Kinder, na klar sollt ihr richtig schreiben, muss ich ja sagen. Aber damit ihr das wisst, man hat es wissenschaftlich ausgiebig untersucht, Intelligenz und Rechtschreibung hängen nicht unbedingt zusammen. Wer falsch schreibt, kann trotzdem sehr intelligent sein.«

Dann ging sie zu Keram und setzte sich neben ihn – neben Keram war meistens ein Platz frei – und sagte mit einer kreisenden Bewegung über seinen Ordner fahrend: »Ich habe bei dir ganz wunderbare Gedanken gefunden, sehr durchdacht. Prima. Keram hat zum Beispiel geschrieben, dass wir manchmal Dinge machen, die wir hinterher bei uns selbst nicht so gut finden. Wir werden wütend, obwohl wir eher Angst haben, oder hauen drauf, obwohl wir eigentlich lieber einen richtigen Freund hätten, aber den muss man eben auch finden. Und dann hat Keram noch etwas Schönes geschrieben.«

Sie holte einen Zettel aus ihrer Tasche: »Wenn jeder Schlag, jede Ohrfeige und jeder Angriff sich in eine liebevolle Geste verwandeln würden, dann wäre endlich Frieden auf der Welt.«

Ich habe keine Ahnung, ob Keram sowas wie »liebevolle Geste« tatsächlich geschrieben hatte, aber möglich schien es uns, weil Frau Ballmeyer das sagte und so zufrieden neben Keram saß, als wäre dort der schönste Platz der Welt. Auch Keram schien das zu überzeugen, denn er verhielt sich danach viel freundlicher.

Frau Ballmeyer war zusammen mit ihrer Familie auf Korsika in ihrem Leihwagen aus einer Kurve geschleudert worden. Sie waren alle in Särgen zurückgekommen. Zwei große Särge und zwei kleine.

Max und ich stellten uns vor, dass Frau Ballmeyer und ihre Familie auf dem schönsten und stärksten funkelnden Stern dort oben säßen, dass sie gerade ihre Kinder in ihr schwereloses Himmelsbett bringen und ihnen etwas mit ihrer sanften, weichen Stimme vorlesen würde. Das hatte sie bei uns in der Klasse am Ende jeder Deutschstunde getan.

Ich tastete mich an Max' Hand und es fühlte sich gleichzeitig sehr aufregend und auch vertraut an, weil wir uns schon im Meer berührt hatten. Er umschloss meine Finger zart und drückte sie sanft. Ich weiß nicht, ob ich in meinem Leben nochmal so liebevoll berührt wurde. Es war, als würde sich ein Schmetterling auf mein Herz niederlassen. Dann lehnte er seinen Kopf an meinen und in meiner Erinnerung haben wir einfach nicht weitergeatmet vor Glück. Der Wind hatte sich vollständig gelegt. Das Meer schlief in seiner Ebbe.

»Mein kleiner Bruder ist krank«, sagte Max in die Stille hinein, »er hat Blutkrebs, wir wissen nicht, ob er sterben wird.«

Der Himmel beugte sich mit seiner ganzen Masse, mit allen Sternen, dem Mond und dem ganzen unendlichen Nichts über uns.

»Kann er auch wieder gesund werden?«, fragte ich, nachdem mir wieder eingefallen war, wie man atmet.

»Ja«, sagte Max, »ja, die Chancen stehen ganz gut, wir haben einen Knochenmarkspender für ihn gefunden. In einer Woche wird er eine Übertragung bekommen. Dann hat er gewissermaßen einen Blutsbruder«, grinste Max etwas schief.

»Konnte man kein Knochenmark von dir nehmen?«, wollte ich wissen.

»Nein, das kam leider nicht in Frage.« Max seufzte: »Ich hätte das gern für ihn gemacht.«

Er fuhr eindringlich fort: »Du musst mir versprechen, dass du das auch machen würdest, Jilja, lass dich registrieren und vielleicht kannst du dann das Leben von jemand anderem retten.«

»Ja, mach ich«, sagte ich etwas erleichtert, weil ich immerhin etwas Sinnvolles tun konnte.

Zwischen uns entstand eine Pause, die sich beharrlich ausdehnte. Max hatte meine Hand losgelassen und sich aufgesetzt. Wir rutschten ein wenig auseinander, tranken die Cola leer und gingen wieder zurück in die Jugendherberge, gerade rechtzeitig, weil die anderen die Spiele aufräumten und wir uns dazwischenschieben konnten, ohne aufzufallen.

Am nächsten Tag und auch an allen anderen Tagen auf der Insel schien es keine Möglichkeit mehr zu geben, ungestört zusammenzukommen.

Am letzten Tag hatte Max im Dorf ein Stofftier gekauft, einen hübschen, borstigen Frischling.

Vielleicht ein Geschenk für mich?

In einem Gespräch hörte ich, wie Max den anderen erzählte, dass er es seinem kleinen Bruder mitbringen würde. »Viel Schwein soll er haben«, sagte er lachend. Leichthin klang das, aber ich wusste ja, wie er es meinte.

Ich schämte mich ein wenig, weil ich mich so wichtig genommen hatte. Sein Bruder würde das Schweinchen viel dringender brauchen als ich.

Trotzdem war ich traurig. Es war, als habe es das alles nicht gegeben zwischen uns. Ich habe nicht herausbekommen, warum Max meine Nähe mied. Ich traute mich auch nicht mehr, auf ihn zuzugehen. Sein Bruder überlebte die Krankheit. Vielleicht hat er alle Kraft und Nähe von Max gebraucht, um gesund zu werden.

Max ist Arzt geworden, ich Deutschlehrerin. Als wir uns beim Klassentreffen wiedersahen, sprachen wir zum ersten Mal nach vielen Jahren wieder über unsere Freizeit auf Sylt.

Max sagte: »Ich habe keine Ahnung, wie du das erlebt hast damals, Jilja, aber ich habe später jahrelang nach jemandem wie dir gesucht.«

ZUSAMMEN

Ernsthafter Mond
Wellen herzüber
Kleine Radiomelodie
Unschuldige Teewärme

Dünengeborgen
Im Nordseewind
An Deiner Haut
Witterung aufnehmend

Knisternde Holzscheite
Seidenfarben
Deine Hand auf meiner
Schaukeln wir
Über Untiefen

Danksagung

Mein großer Dank gilt:
Ulrich Wellhöfer und den Mitarbeitenden beim Wellhöfer Verlag für ihr eindrucksvolles Engagement.

Meiner Familie, Bernd, Nora und Timm Sommer, die meine Fragen, Zweifel und mein Abtauchen in den Schreibprozess geduldig begleitet haben.

Leonie Zimmermann für ihre hilfreichen und geistvollen Gedanken.

Meinem Bruder Thomas und meiner Mutter, Helga Schwierzi, die mich in meinem Leben und in meinem Schreiben unterstützt und wohlwollend kritisiert haben.

Meinem Vater Paul Schwierzi, der mir aufmunternd zugezwinkert hat, obwohl er leider nicht mehr lebt.

Den Autorinnen und dem Autor des Literarischen Vereins der Pfalz, Birgit Heid, Thomas Mayr und Katrin Kirchner für wertvolle Hinweise und ihre Lebenszeit.

Meinen Freundinnen und kompetenten Ratgeberinnen, die sich in enger Verbundenheit mit meinem Vorhaben befasst haben und trotzdem meine Freundinnen geblieben sind: Ursula Jäger-Dietrich, Simone Lechner-Erbach, Doris Möhlig, Christel Müller-Antl, Gisela Nitsch van Eickels, Sybille Zaucker.

Dem Literarischen Verein der Pfalz für sein Vertrauen in mich und die Unterstützung.

Der Gruppe Wortschatz aus Landau.

Und den vielen Menschen, die mich inspirieren und deren Leben ich berühren darf.

www.wellhoefer-verlag.de

www.wellhoefer-verlag.de